飼われる幸福
〜犬的恋愛関係〜
JN283854
「こんなにすぐ、受け入れてくれるとは思わなかった。だけどこれで終わりじゃない。今から、本当のスタートだよ、ミツル……」

飼《か》われる幸福《こうふく》
～犬的恋愛関係《いぬてきれんあいかんけい》～

剛《ごう》しいら

ILLUSTRATION
水玉《みずたま》

飼われる幸福 ～犬的恋愛関係～

愛の終わりには、悲しいことにいつも何らかの犠牲がつきまとう。今回、一人の女性が愛の破局を迎えたことで、犠牲になったのはいたいけなトイプードルと、大学二年生の若水満流《わかみずみつる》だった。

「何でねぇちゃんが同棲解消するのに、俺が巻き込まれないといけないんだよ」

茶色のトイプードルを抱いた姉に向かって、満流は必死になって抗議する。けれど姉には、満流の怒りなんてまるで通じていない。相手の浮気による同棲解消という事態を迎え、すっかり悲劇のヒロイン気分に浸っているからだ。

「もう飼えないっていうんなら、買ったところに返せばいいじゃないか。どうして俺に押しつけようとするんだよっ」

久しぶりに実家に戻ってきた姉は、キラキラした感じの、大きめのバッグを手に提げていた。ちらっと中を覗《のぞ》いたら、モニョモニョと中で何かが動いている。ああ、身勝手な姉のことだから、旅行に行くのにペットを預かれとか言い出すのだろうと思っていた。

けれどそんな生ぬるい話ではなかった。もっと身勝手な要求だ。この生後半年とかのトイプードルを、満流に飼えと命じているのだ。

「あたしだって、ドル君を手放したくなんてないわよ。だけどドル君を見る度に、あいつのことを思い出しちゃうの。このままじゃ、怒りの方向がぶれて、いつかドル君を虐待しちゃいそう。満流は、この可愛《かわい》いドル君が、あたしに虐《いじ》められてもいいの？」

「べつにぃ、いいよ、俺、全く関係ないし」

「ひどいっ！　あんた、あたしがマジギレしたらどうなるか、一番よく知ってるでしょ」

そのとおりだった。何しろ生まれた時からこの姉には、嫌と言うほど虐められてきたのだから、その恐ろしさは身をもって学んでいる。

「そのキレやすい性格が原因で、男に浮気されたんだろ。少しは反省したら」

思わず言ってしまったが、どうやら火に油を注いだり、栗《くり》を投げ入れたのと同じ効果があったらしい。姉は整えられた眉をきりりとあげて、満流を睨《にら》み付けてきた。

「そんなこと言っていいの？　満流のくせに」

国民的人気アニメ、青色猫型ロボットの名脇役である俺様少年とよく似た口調で言われて、満流の顔から血の気が引いた。

「い、いや……まだ、その男に未練とかあるわけ？　ないんだったら、犬を人にあげたっていいんじゃないの？　そんな可愛い犬だったら、欲しがる人がきっといるよ」

「……」

姉は無言で睨んでくる。その表情から察すると、やはりまだ男に未練があるのだ。もし上手《うま》くよりを戻せたら、二人で飼っていた可愛い犬を、今でも大切にしていた私というやつを、演出したいのだろう。

「彼にあげたら」

「……」

またもや地雷を踏んだらしい。姉の顔は、一気に般若《はんにゃ》の形相にグレードアップしていた。

「俺だって、バイトしたいし。大学も二年だからって、楽なわけじゃないんだよ。もし、もしもだよ。このままずっと飼い続けることになったらどうすんの？　就職したら、誰が面倒見るんだよ」

「その頃には、あんたにだって、何でもやってくれる可愛いカノジョの一人くらい、いるかもしれないじゃない？」

「何でもやってくれるカノジョって何だよ。そんな便利な相手が、いるわけないだろ。無理、絶対に無理。父さんの面倒だって、俺が見てるのに」

「それで小遣い貰《もら》ってるんでしょ。いいわよ、あたしもドル君のために、バイト代払ってあげるから」

姉は外資系の証券会社で働いている。そこそこ稼ぎはいいようだ。犬の養育費くらい、簡単に払えるだろう。

父は大手新聞社の編集部に勤務していて、ほとんど家に帰ってこない。母はすでに亡くなり、満流が家事を担当する代わりに、多めの小遣いを貰っているのが現状だ。

家事をやっているといっても、毎日、料理や洗濯を父の分までやることはないから、姉には気楽な身分に思えるのだろう。

だが、犬など飼ったことがない。それは姉も同じだったが、何を血迷って忙しいのに犬など飼ってしまったのか。

「犬の世話なんて無理だよ」

「簡単よ。トイレはシートでするし、ご飯はドライフードだけ。たまに散歩にでも連れて行ってくれればいいわ」

じわりじわりと包囲網は縮まっていた。こうなるともう姉の思ったままに、すべて進行してしまうのだ。

「予防接種、もう一回やらないと駄目なんですって。そのお金も払うから」

「ちょっ、ちょっと、無理だって言ってるのに、何でそう強引かな」

「犬連れてると、女の子にもてるわよ。満流、あたしに似て可愛い顔してるのに、草食系気取ってるのかもしれないけど、ぜんっぜん、そういう話ないわよね」

おまえのせいだろうと、満流は思わず叫びそうになった。

この五歳年上の意地悪な姉は、満流に対して何の愛情もないくせに、気のある様子を見せて近づいてくる女子を、ことごとく攻撃して遠ざけてくれたのだ。おかげでまともに女の子と付き合ったこともない。

姉が自立して家を出て、やっと自由になったと思ったら、母が亡くなった。姉に負けない強気な母が、病に負けてしまったのがショックで、せっかく自由になったというのに、満流の中から誰かと付き合いたいという気持ちが今は無くなっていた。

「犬の世話させるために、誰かと付き合うなんて嫌だ」

思わず呟《つぶや》いたが、どうやらそれも地雷の一つだったらしい。姉はすくっと立ち上がり、満流の膝に犬を乗せに来た。

「そうよね。あたしも犬でもいれば、浮気される心配はないと思ったのよ。それが失敗だったのかしら」

「うん、そうだよ。犬の世話、カレに押しつけてたんだろ」

忙しい姉が、犬の世話などするはずがない。結局、世話の押しつけ合いから喧嘩《けんか》になって、結果浮気されたようだ。

「ここであたしがドル君を手放したら、負けたみたいで嫌なの。犬も飼えない女なんて、思われたくない。分かるわよね」

分かるはずがない。けれど姉の脳内では、満流が逆らうなどということはあり得ないのだった。

「じゃ、よろしくね」

「えーっ」

膝の上に、毛むくじゃらの小さな生き物が乗せられた。そういったものを抱いた経験もほとんどない。ぬいぐるみと違って、生きて動いているのだ。それだけで満流は、軽いパニックに陥ってしまった。

「ど、どうすりゃいいんだよっ」

慌てる満流を尻目に、姉はさっさとドアに向かう。どうやら犬を飼ってはみたものの、愛情なんてものは微塵《みじん》もなかったらしい。振り返ることもなければ、涙を見せることもなく、そのまま玄関から出て行ってしまった。

「ちょっ、ちょっと、ひどくねぇ？　最後に頭を撫《な》でるとかもなし？」

満流が膝から下ろすと、犬はうろうろと部屋の中を歩き回り、腰を下げたと思ったら勢いよく放尿を開始した。

「おっ、おい。シートの上でしろよっ。シート、シートってどれっ」

姉が置いていった大きな紙袋の中には、山ほど犬用グッズが入っていた。その中からやっとシートを見つけ出したものの、掃除したばかりの床に、しっかりと染みが広がっている。慌ててティッシュで拭いている横で、今度はクルクルと犬が回り始めた。

「んっ？」

回転が止むと同時に、犬は排便《はいべん》行為を開始する。

「シートにしてくれっ。この家は、おまえのトイレじゃないっ！」

叫んでも犬には分からない。自分の出したものを踏みそうになっているので、満流は思わず抱き上げてしまった。

「これを世話しろだって！　ふざけんなっ」

けれど犬には罪がないことくらい、満流だってよく分かっていた。だから犬を叱ることは出来なくなっていた。

黙ってティッシュで始末をしていると、黒いつぶらな瞳が、じっと満流を見つめているのに気がついた。この人が自分を見捨てるなんて絶対にないという、信頼の輝きがあるような気がして、満流は思わず泣き笑いの顔になっていた。

「いいよ、分かった。俺が、おまえのパパになればいいんだろ？」

とりあえず膝に乗せ、頭を撫でてみた。そうするうちに犬は、満流の手にじゃれつき、ハグハグと噛《か》み始める。

「痛いんですけど……」

子犬とはいえ侮れない。かなり本気で噛まれてしまい、満流はまた泣き笑いの顔になる。

「ねぇちゃんだったら、ここで叩《たた》くんだろうな。だけど……俺はしない。痛くても、叩いて叱ったりは……いてぇよっ！」

思わず膝から勢いよく放り出すと、犬はそれが新しい遊びだと思ったのか、今度はウーウー唸《うな》りながら、満流の靴下を狙い始めた。

「やめろっ、破けるっ！」

姉を捨てた男の気持ちがよく分かる。こんなものを押しつけられ、ドル君の世話をするのはあたしへの愛なのよ、なんてとんでもない理屈をこねられたら、さすがに耐えられないだろう。

「いいよなぁ、カレシだったら、別れられるから。俺なんて姉弟だから、一生、ねぇちゃんの奴隷だからな」

何もかも諦めて、ここで自分の新たな運命を受け入れてしまうのが満流の悪いところだ。けれどこればかりはどうしようもない。

あの姉に踏みつけられて育ったがゆえの性格なのだから。

生活は激変した。所構わずに排泄するトイプードル、ドルの粗相の後始末、それに散歩、餌やりという日課に追われることになってしまったのだ。

大学の講義がある時には、ケージに入れて留守番させるが、満流が帰って来ると、途端にドルはキャンキャンと吠《ほ》えまくる。少しでも満流の姿が見えないと、必死になって家中を探し回る始末だ。

そんな様子を見ていると、つい不憫《ふびん》になってしまい、友人達とお茶したり、ゲームセンターに寄ったり、映画を観に行くことも出来なくなってしまった。

久しぶりに家に帰ってきた父は、最初のうちだけ物珍しそうにドルを弄《いじ》り回していたが、すぐに自室に閉じこもってパソコンを開き出す。いつもこんな調子だから、飼育を手伝ってくれるなんて期待するだけ無駄だろう。

家でゲームをしていても邪魔される。ＤＶＤを観ていても、いいシーンになると決まって粗相された。おかげでトイレットペーパーと消臭スプレーは、必ず目に付く所に置いておかないといけなくなった。

愛犬家というものは、とても辛抱強い人種なのだと思う。何しろこんなことを毎日、平然と続けていられるのだから。

トイプードルを飼っている人のブログなどを飼育の参考にしてみたが、何もかも初めてだからどうもよく分からない。

どこのブログも、犬の日常写真満載だ。そこにあるのは溢《あふ》れるほどの愛だが、無理矢理押しつけられた身としては、うちの子が世界一と叫ばれても、そうそう簡単に共感は出来なかった。

それに皆が書いているのを真似て、どうにか躾《しつ》けたくても上手くいかない。トイプードルは頭のいい犬種らしいが、皆の飼っているトイプードルとこの犬は違うのじゃないかと思えてしまう。トイレを覚えないだけでなく、お手やお座りもしないのだ。

教え方が悪いのかもしれないが、どうやって教えるのかも満流には分からない。ネットで書かれていることを真似しても、ドルは全くやる気がないらしく、隙あればガジガジと満流の手や足を囓《かじ》るばかりだ。

さらに難題が控えていた。このまま大きくなって、マーキングをするようになったら大変なのだ。今でさえ、所構わずやってしまうのだから、片足を上げて男らしく放尿するようになったら、部屋中が大変なことになってしまう。

ついに満流は決意をした。

「可哀想《かわいそう》だが……去勢しか予防法はないそうだ」

ドルにそう話し掛けると、そっと抱き上げてキャリーバッグに入れた。

どうせ姉は、ドルに子供を作らせるつもりなどないだろう。許可なくやってと吠えるかもしれないが、迷惑するのは満流だけではない。この家の所有者である父も迷惑することになるのだから、少しは満流も強気になれるというものだ。

「ワクチンも打たないといけないだろ。だからさ、今日は諦めて俺についてこい」

もう行くべき動物病院は決まっている。ネットで検索したのだが、近所にとても評判のいい動物病院があったのだ。

キャリーバッグを肩から提げて、自転車に乗る。そして印刷した地図を頼りに、『アヤト・アニマルクリニック』を目指した。

大学への通学コースと反対の位置にその動物病院はあるようだ。そのせいで、これまでこんな近くに動物病院があることを知らなかったのだ。

「あれかな……」

黒を基調にした、洒落《しゃれ》た建物が見えてきた。『アヤト・アニマルクリニック』と書かれた看板が、遠くからでも分かる大きさで壁面に付けられている。よく見ると、犬の顔に見えるように文字が配列されているのが楽しい。

四台駐《と》められる駐車場には、犬と猫の足跡でラインが描かれている。一つだけ人間の足跡になっているのが、またセンスのよさを感じさせた。

外観とは正反対に、中は白を基調にしてありとても清潔だ。待合室には上手く仕切りが設《しつら》えてあって、他の犬と接触させないですむような配慮がされている。動物病院なんて来るのは初めてだったが、以前通っていた歯医者よりよほど綺麗《きれい》だなと満流は思った。

受付には若くて可愛い女性がいる。満流は思わず顔を赤らめながら、初診申し込みの紙を受け取った。

床に置いたキャリーバッグの中では、ドルが危険を察知したのか暴れ始めた。どうやら注射は嫌いらしい。

「静かにしろよ。みんないい子にしてるぞ」

数組が待合室で待っていたが、まるで愛犬家のいい見本みたいに、連れてきている犬も飼い主も落ち着いている。鳴くこともなく、うろうろするでもなくじっとしていた。

なのにドルはキャリーバッグを壊しそうな勢いで暴れ出し、しまいにはキャンキャンと激しく吠え始めた。

「すみません、躾《しつけ》、なってなくて……」

急いで書き終えた初診申込書を渡すと、受付の女性はにっこりと営業スマイルをサービスしてくれる。

「気になさらないでくださいね。ドルちゃんも不安なんですよね」

「は、はい……」

他人にドルちゃんなどと呼ばれると、妙に気恥ずかしい。ここでは人格ならぬ犬格や猫格が認められていて、ちゃんと個々の名前で呼ばれるのが普通のようだ。

とりあえず名前を呼ばれるまで、奥の椅子に座っていることにした。ギャンギャン吠えているドルを無視して、犬の雑誌などを手に取ってみる。どこにでも必ずトイプードルの写真が出ているのを見て、何だか姉は犬を飼うというより、トレンドに飛びついただけのような気がしてしまう。

「若水さん、若水ドルちゃん、どうぞ、お入りください」

そうか、こいつには名字まであるのかと感心しながら、満流はキャリーバッグを抱えて診察室に入る。

するとそこには、この診察室にもっとも相応《ふさわ》しいと思える、清潔感溢れる若いドクターがいた。

白衣がとても似合っている。髪も清潔にカットされていて、白衣の下はストライプのシャツにチノパンという、好感度の高いスタイルだった。

しかも顔立ちも整っていて、背も高い。こうなると、外見だけでも欠点を探すのがむずかしそうだ。

「初めてですね。この病院の院長、彩都《あやと》です」

獣医師の免許を、さりげなく彩都は見せる。そこには免許を取得した日付と共に、彩都周次郎《しゅうじろう》と名が書かれていた。

「ワクチン？」

それが彩都の癖なのだろうか。満流から絶対に目を離さずに、彩都は話す。イケメンドクターに見つめられて話されたら、大概の女性はぼうっとなってしまうのじゃないかと、つい余計な心配をしてしまう。

「はい、最初のはしたみたいなんですけど、姉に無理矢理押しつけられまして……よく分からないんです。あっ、これが最初のワクチンの証明書じゃないかと思うんですけど」

見つめられて照れくさいから、つい余計なことまで言ってしまった。そしてポケットから、ワクチンの証明書をまず出した。

続けてキャリーバッグから、急いでドルを取り出す。すると彩都は、魅力的な低音で呟いた。

「可愛いなぁ」

「えっ、ああ、まぁ、可愛いですけど」

一瞬、自分のことを言われたのかと思ってしまった。まさか身長が170センチはある大学生の男に向かって、そんな言葉は口にしないだろう。犬のことをまず褒めるのが、彩都の職業テクニックらしい。

「可愛いんですけど、犬飼うの初めてで、躾も上手く出来ないんです」

診察台の上に乗せると、端にある計器の表示板にすぐに体重が出る。それを彩都は一瞬見たが、すぐに視線を満流に戻して訊《き》いてきた。

「家族構成は？」

「父と僕だけです……」

「お姉さんは、もう家にいないんだ？」

「はい。男と同棲してたんだけど、相手に逃げられて、それでドルが飼えなくなったらしいです」

またもや余計なことを言ってしまった。けれど彩都には、どこか満流を安心させる雰囲気があったのだ。

「学生？」

「あ、はい。帝王《ていおう》大二年です」

「何学部？」

「商学部ですけど」

何でこんな身上調査みたいなことをされているのだろう。その間も彩都はドルを抱き上げて、あちこち触れてはいるのだが、目だけはずっと満流に向けたままだ。

「カノジョいるの？」

「えっ？　僕ですか？」

いくら何でもそれ以外にないだろう。まだ満流の家に来たばかりのドルに、カノジョなんてものがいるはずがない。

「あ、あの、何か、そういうのも関係あるんですか？」

そこで彩都は黙ったまま、こくりと頷《うなず》いた。だったらここは正直に答えるしかない。

「いませんけど……」

「そう、じゃ、君の趣味は？」

にこにこと楽しそうに彩都は訊いてくる。

「趣味って……言えるようなものは、あまりないかな」

何でもそこそこやるけれど、本気になって取り組むようなものがない。そう考えついて、満流は自分が思ったより寂しい若者だったことに気付いた。

家事手伝いで貰えるような小遣いで満足しているのは、どうしても欲しいものがそんなにないからだ。レンタルビデオと、大学の図書館で借りる本、高額な買い物といえば新作ゲームくらいのものだった。

「僕の個人的なこと、必要なんですか？」

何だか惨めな気持ちになってきた。無趣味、カノジョなし、リアルが充実しているとはとても思えない。改めて口にすると虚《むな》しいものだ。そんなことを言わせる彩都が、恨めしくなってくる。

「そうだよ。必要なんだ。どうしてだか分かる？」

彩都は満流を診察室内の椅子に座らせると、今度は真向かいに自分の椅子を置いて座りだす。その腕に抱かれたドルは、特別なテクニックでもあるのかすっかり大人しくなっていた。

「犬はね、群れで生活する動物だったんだ。それは知ってるだろ？」

「はい」

「今、ドル君は君の家の群れに加わった。さて、ではリーダーは誰だろう？」

「……」

あの家でずっとリーダーだったのは、母だったような気がする。父はまるで間借り人のようだ。姉は忠実な副官といったところで、満流は雑兵《ぞうひょう》だった。

「現在は不在です」

「それはないだろう。君がリーダーにならないといけないんだよ」

「あっ、そうか」

「その自覚が君にないと、賢い犬は自分がリーダーになろうとする。今から弱気なリーダーぶりを見せると、後悔することになるよ」

「そ、そうなんだ」

色々なことを訊かれて狼狽《うろた》えたけれど、ここに来てよかったと思えた。まるで催眠術でもかけるかのように、低音で囁《ささや》かれる彩都の声には、とても説得力がある。

「君のお父さんは、あまりペットとかに興味がない。もし自分がペット好きなら、君が子供の頃にペットを飼わせている。大学二年になって、初めて犬を飼うことにはならなかった筈《はず》だ」

「あ、はい、そう、そうです」

両親とも、ペットなんて面倒なものはいらないと、いつも言っていた。そのせいで満流が飼えたのは、カブトムシやクワガタくらいのものだったのだ。

「だからドル君にとってお父さんは、単なるゲストであってリーダーではない。僕が家族構成について訊《たず》ねた意味が、分かったよね」

「はいっ、とてもよく分かりました」

満流は思わず笑顔になる。ドルを預かってから、何だかずっともやもやした気分だったが、彩都に話せばすべての問題は解決するような気がしてきた。

「んん、可愛いな」

またもや彩都は、満流を見て言っている。けれどこれはドルに対する社交辞令だと満流は思うことにした。

「言ったら悪いが、君のお姉さんは、もっともよくない飼い主だったね。犬は十年以上生きるのに、全く何の責任感もなく、ドル君をペットショップで購入したんだろう。この犬種はとても人気があるからね。もしかしたらもっと大切にしてくれる家に、迎え入れられたかもしれないのに」

そこで満流は大きく頷いた。父に話しても、ああとしか言ってくれなかった。なのに彩都は、満流が不満に思っていたことを、ずばり言い当ててくれたのだ。

「不本意に引き取ったかもしれないが、君にはまだ希望がある」

そこで彩都は満流の膝にドルを乗せ、落ちないために二人で包み込むようにして話し続けてきた。

「趣味がないなら、いっそ犬を飼うことを趣味として楽しめばいい」

「でも、こいつ、言うこと聞かないし……もしかしたら、ものすごいバカかもしれません。楽しむって言ってもなぁ」

「完璧な人間なんてものがそういないように、完璧な犬なんていないよ。しかもこの子はまだ子犬だ。何も知らないいんだよ」

ドルはまた新しい遊びなのかと、二人の膝の間を行ったり来たりしている。そんな様子は、確かにとても可愛らしく、もしかしたら利口に育つのかと希望を抱かせた。

「本当は、ここでゆっくりと犬との接し方を教えてあげたいんだけど、残念ながら病気の動物が、この後も控えてるからな」

「あっ、はい。忙しいのにすみませんでした。ワクチンと、それから去勢手術の相談だったんです」

もっと彩都と話していたかったけれど、彼は満流専属の獣医ではない。そのことを思い出し、満流は恐縮して頭を下げた。

「ああ、去勢手術ね」

そこで初めて彩都は、初診申込書に目を通した。

「若水……満流君か。満流ね、いい名前だ。ミツル……響きがいいな」

「……」

満流の名前なんてどうでもいいと思うのだが、彩都にとっては意味があるらしい。しばらく口の中で、満流の名前を何度も唱えていた。そして住所や電話番号を確認し始めたが、すぐに番地のところに目を向けていた。

「家、近いじゃないか」

「はい。チャリで三分くらいです」

「だったらこうしよう、ミツル君」

いくら年下とはいえ、一応患者の保護者なのにいきなり名前で呼ぶのだろうか。けれど不愉快でなかったのは、彩都の何とも爽やかな好印象のせいだろう。

「犬の飼い方を詳しく教えてあげるから、夜、自宅に遊びにおいで」

「……先生の家にですか？」

「ここ、裏が自宅なんだ」

「そんな、そこまでしてくれなくても」

「別に特別料金なんて請求しないよ。ミツル君には、いい飼い主になって欲しい。それが結果としてドル君の健康に繋《つな》がるんだから」

ああ、何ていい獣医なのだろう。満流は感激のあまり、思わず涙ぐみそうになってしまった。

「診察時間以外だったら、いつでもいいよ。携帯教えるから、来られる時に電話して」

「あ、ありがとうございます」

「出来るだけ早く来てくれると嬉《うれ》しいな。子犬の成長は速いからね。一日が人間の一週間はあると思ってもいい。手遅れにならないように、躾けたほうがいいな」

それじゃ早速今夜にでもと思ったが、さすがにそれは図々しいだろう。

「初診申込書に書いてあったけど、トイレの躾で困ってるって？　だったら、とりあえず部屋中にシートを敷きなさい」

ワクチン注射の準備をしながら、彩都は教えてくれた。

「そして、シートの上に出来たら、思い切り褒める」

「それ、やってみたんですけど……」

「上手くいかないのは、本気で褒めてないからだよ。犬に人間の言葉が通じるようになるのには、何年かかかるし、覚えられる単語も限られている。よく出来ましたと、口で言ったくらいじゃ駄目なんだ。全身で喜びを表すといい」

そんなことは恥ずかしくてと言いかけて、満流はまた反省した。

満流にそれが出来ないから、ドルは失敗しているのではないだろうか。

「やってみて」

彩都ににこりと微笑《ほほえ》まれリクエストされたが、満流は恥ずかしさが先に立って真っ赤になって俯《うつむ》いてしまった。すると彩都は注射器を置き、いきなり大きく手を広げて満流の側《そば》にやってくると、勢いよくハグしてきた。

「ようし、ミツル、よく出来た。いい子だね。ああ、いい子だ、いい子だね」

ハグされ、頭を撫でられて、満流はびくっと体を震わせる。そんな反応を、彩都は楽しんでいるように感じられた。

「褒めるときには、こんな感じで、愛情込めたスキンシップをするといい」

そしてもう一度、彩都は満流を抱きしめ、背中や頭を撫でまくった。そしてぱっと体を離すと、満流の膝の上にいたドルを抱き上げ、診察台に乗せたと思ったら、あっという間にワクチン注射を終えてしまった。

「今日一日は、散歩させずに静かに過ごさせて。体を洗うのも、しばらくは控えたほうがいいから、汚れたら、ウェットティッシュで拭き取るといい」

いきなりハグされて、何だか思考が停止していた。ぼんやりとワクチン接種後の説明書を受け取り、ドルをキャリーバッグに入れて、彩都に向かって一礼すると診察室を出た。

こういう積極的な診察が受けて、こんなに来院者数が多いのだろう。だが、誰にでもあんなハグはしないはずだ。女性に対していきなりあんなことをしたら、セクハラになってしまう。満流が男だから、安心してああいった教え方をしたに違いない。

待合室はもういっぱいで、満流は立ったままで会計の順番を待つことになった。そうしている間に、やっと冷静さを取り戻せた。

彩都がイケメンなのがいけない。あれが枯れた感じの老人だったら、ハグされたところで、これは丁寧に教えられているんだと素直に思えただろう。

恥ずかしながら、満流は二十歳になるというのにチェリーボーイだ。恋愛はことごとく姉に邪魔されてきたからだが、そんなものをはね除《の》けるほどのパワーもやる気もない。

いつかきっとそういう相手が現れて、自然な感じで経験出来ると思っている。だから自分からガツガツと、相手を求めていくなんてしないのだ。

けれど全く経験がないせいで、こんな場面で狼狽えてしまう。せっかく親切に、躾まで教えてくれると言ってくれた彩都に対しても、失礼ではないかと思ってしまった。

会計を済ませて外に出ると、そういえば去勢手術について詳しく話さなかったことに気付いた。躾について教えてもらうだけなのに、彩都の家まで訪れるのは、あまりにも図々しくないかと思っていたが、手術を受けるとなればまた別だ。

患者、いや、この場合は患犬になるのだろうか、ともかく彩都が担当医となり、それなりの手術代も払うとなれば、甘えることに対する罪悪感も少しは減る。

満流は病院の裏手に回ってみることにした。どうやら自宅も道路に面しているようだ。碁盤の目のようになった住宅街だが、二区画買って自宅と病院を繋げて建てたのだろう。

「獣医って儲《もう》かるんだな……」

自宅も病院と同じく、黒を基調にしたシックな建物だ。駐車場には彩都の車なのだろう、ベンツと大きなバンが駐められている。庭の芝生は綺麗に刈り込まれていて、黒塗りのウッドデッキが目に付く。

だが洗濯物が風になびいている様子もないし、子供用の自転車が転がってもいない。彩都は独身だろうか。だったらこの家を訪れるのも、そんなに気まずくはないだろう。

「いつにしようか？」

背中に回されたキャリーバッグに向かって、満流は呟く。けれどドルが返事をすることはなかった。

結局、彩都の家を訪れるまでに三日が過ぎてしまった。それも彩都の方から、今夜なら都合がいいんだけれどと、満流の携帯に電話があったから、行くことになったのだ。

家中にトイレシートを敷き詰めたら、これまでのストレスから解放された。どうやら気に入った場所が決まったらしく、同じ場所で排泄するようになってきたからだ。それでも安全のためにそのままシートを敷き詰めておくと、粗相を心配してうんざりすることはなくなった。

家の中なら誰が見ているわけでもないから、大げさに褒めるようにしたのもよかったのかもしれない。満流の態度が変わると同時に、ドルも少しずつ落ち着いた行動を示すようになっている。

これはやはり彩都に感謝を伝えるべきだ。そこで満流は、人気店のフルーツロールケーキを手に、約束の六時半に彩都の家を訪れた。

病院は六時に終わる。それでも急患があれば、いつでも受け入れる態勢にはなっているらしい。出来るだけ仕事の邪魔をしないようにしようと、殊勝な決意をしてインターフォンを押した。すると返事が聞こえるより早く玄関のドアが開き、彩都が中から手招きしていた。

「夕食は食べた？」

「え、いえ……」

「ピザが届いてる。熱いうちに食べよう」

「いえ、そんな」

「遠慮しなくていいよ。一人じゃ食べきれないんだ」

「あっ、はいっ」

それはよく分かる。デリバリーのピザを食べたくても、一人では食べきれないことが多くて注文しづらい。だが、そんな事情で頼んだ訳ではなさそうだ。やはり彩都は気配りの人だから、満流が食事を遠慮しないですむように、配慮してくれたのではないだろうか。

「ドル君を放していいよ」

玄関に入るなり、彩都はキャリーバッグを受け取って、すぐに中からドルを取り出した。

「あっ、も、漏らします」

「いいよ、そんなことは気にしないで。床は犬が滑らない加工のフローリングで、撥水《はっすい》加工もしてあるから」

「へぇーっ」

室内の壁はすべて白で、床は濃いブラウンのフローリングだった。玄関やリビングに敷かれているラグは黒で、ソファやテーブルも黒で統一されている。

「いいなぁ、こういうセンスの家。俺んちなんて、何か統一感なしの生活臭だらけだから」

インテリアも凝っていて素晴らしい家だが、満流は何かが足りないような気がした。

いったい何が足りないのだろう。リビングに続くダイニングには、ピザがすぐ食べられるように用意されている。取り皿やフォークが並んだテーブルには、ビールまであった。

足りないものなんてなさそうな気がする。

なのに何かが足りない感じがするのだ。

「あっ……何だろう……」

ドルは初めての家でも緊張しないのか、広いリビングを走り回っている。そして彩都の足下にじゃれつき、前足を上げて飛びついていた。

「こらっ、踏むぞ。あそこにシートがあるから、チッチはここでしなさい」

彩都はドルをシートの上に乗せる。するとドルは、申し訳程度の排泄をした。

「ああ、いい子だね。もう覚えたんだな。ミツル君は、素直ないいパパだね」

ドルを撫で回した後、彩都はダイニングの真ん中に据えられたキッチンシンクで、手を洗っている。

「あっ、足りないもの分かった。先生、この家には犬とか猫とか、ペットはいないんですか？」

足りないもの、それはこの優しい彩都に愛されているペットの姿だった。

彩都だったら、あまり知られていない種類のゴージャスな犬とか、超高級猫を飼っていてもおかしくない。

「んっ……」

彩都は悲しげに微笑むと、ダイニングテーブルに着くように満流を促す。

満流が座ると、彩都はビールの缶を示し、これでいいかと訊ねる。満流は恐縮しながら頷いた。彩都はそれぞれのグラスにビールを注ぎ、遠くを見るようにして呟いた。

「一年前まではいたんだけどね。逃げちゃったんだ」

「逃げたって、犬ですか？」

「……ああ……」

「警察に届けました？　あ、すいません、そういうことは、先生、プロですもんね」

愛犬を失うなんて、どんなにショックだっただろう。満流は彩都の悲しみを思って、迂闊《うかつ》にもそんな質問をしてしまったことを後悔した。

「嫌なこと思い出させてしまって、ごめんなさい」

「謝らなくてもいいよ。逃げたけど、死んだわけじゃない。もう新しい飼い主がいて、そっちで幸せに暮らしているんだ」

「えっ……そっか、それならよかった」

彩都が飼っていたのだから、よく躾けられた利口な犬だったのだろう。拾った人は、その犬に魅せられてしまい、飼い主が見つかっても返したくなくなったのだと、満流は勝手に推測した。

「こんな仕事してると忙しいからね。あまり構ってやれなかったから……むしろ新しい飼い主がいて良かったのかもしれない」

「それで、もう犬は飼わないんですか？」

「今はね……」

そこで彩都はふっと笑い、ビールを一気に飲み干した。

「犬に善悪を分からせようとしても難しい。犬の心理の基本は、快か不快だけなんだ」

満流の皿にピザを取り分けてくれながら、彩都は優しく解説を始めた。

「そうなんですか？　だって、先生、上手く出来たら褒めろって言ってたのに」

「そうだよ。犬は褒められることが好きなんだ。だから褒められるために、どうすればいいかと学んでいく。褒められるのは快感、叱られるのは不快感だからね」

「あー、そっかぁ」

「褒められる快感が続けば、いつも同じ行動をとるようになる。だけど犬の記憶力は人間と違うから、褒めるにしても叱るにしても、すぐにやらないと駄目なんだ」

メモの準備をしたいが、せっかく彩都がピザまで用意してくれたのだ。人間は犬と違って、しっかりした記憶力があることを、ここで証明しないといけなくなりそうだ。

「こいつ、お手もおすわりも出来ないんですけど、そういうのはどうやって教えたらいいんですか？」

「そんな難しいことじゃないけど、根気はいるよ。ところで、大学に行っている間、ドル君はどうしてる？　部屋にそのまま？　ケージに入れてるのかな？」

「ケージです。可哀想だなと思うけど、それでいいんですよね？」

「国によっては、子犬を引き取るには、日中、四時間以上、独りぼっちにさせてはいけないなんて、厳しい規制を設けている国もあるよ。だけど犬にも、独りの時間は必要だ。あんまりべったりさせると、依存症になって分離不安を引き起こすからね」

満流がイメージしている犬といったら、犬小屋近くに繋がれて、一日ぼんやりと過ごしているというものだ。トイプードルは室内犬だから、どうやって飼ったらいいのか、イメージすら浮かばない。

「後をつけ回すのは、分離不安ですか？」

「まだ子犬だから、リーダーのすることを、そのまま真似しようとしているだけだよ」

「リーダー、そうか……」

彩都の話は分かりやすい。そしてピザはおいしく、低カロリービールも喉に心地よかった。

久しぶりに、ゆったりとした時間を楽しんでいる。彩都は満流にとって、憧れの大人の男と呼べた。

「俺が、いいリーダーにならないといけないんですよね」

「そうだな。よく、犬は家族の中で自分の位置づけをすると言われてるけど、群れで暮らす習性が残ってるからなんだ」

ふむふむと頷いた満流だったが、ふと彩都はここでずっと独り暮らしなのかと気になった。こんなイケメンで気配りの人だったら、とうに結婚していてもおかしくない。しかも高収入の売れっ子獣医だ。

「先生は、結婚して家族のリーダーにはならないんですか？」

いい質問の仕方だと思った。けれど彩都は笑わない。どころか悲しげな顔になってしまった。

「好きになった相手には、いつも振られる。上手くいかないもんだね」

「えーっ、先生みたいな人を振るなんて、バカですよ」

勢いよく言ってしまったが、どうやらビールが効いてきたらしい。酒に弱いのは、こんな時には困ったものだった。

「そういうミツル君は、何でカノジョ作らないの？」

「……草食系ってやつかもしれません。燃えたぎるような情熱なんてないし、別にカノジョいなくても、幸せに暮らしていますから」

間違って姉のような女と付き合ってしまったら、それこそ地獄だ。そんな苦労をするくらいなら、生涯独りでもいいと思ってしまう。もしかしたら彩都も、同じような苦労をしていたのだろうか。

「ペットはどうなの？　ドル君は可愛いと思えない？」

「……」

足下で満流の履いているスリッパを、ガジガジ噛っている毛糸玉に目を向ける。

ぬいぐるみのようで可愛いと思うが、愛情となるとどうだろう。

「噛まれてばっかりなんですけど……」

「乳歯が抜け替わるまでは、いろんなものを噛みたがるんだ。だけど人は噛まないように、きちんと躾けないとね」

「こんな小さいやつでも、苦労するもんな。大きい犬を飼ってる人って、尊敬しちゃう」

「犬は大きさによって、頭脳に差があるわけではないんだ。力をどう制御するか、その違いだけだね。

どちらかというと、大型犬はおっとりしているのが多いよ。躾ければ、むしろ神経質な小型犬より飼いやすい」

何か一つ話すと、そこからいろんなことを教えていってくれる。彩都と話すのは、いつしかとても楽しいことになっていた。

彩都の両親も獣医で、今も他県で開業しているという。ここの土地は、両親がその昔、投機目的で買ったものだそうだ。

「ここで開業する前は、ドイツとアメリカに留学してたんだ」

「凄《すご》い……」

そんな凄いことを、彩都は自慢するでもなく、さらりと口にする。

「別にたいしたことでもないよ。アメリカはドッグショーが盛んだし、ペット産業は日本より進んでいる。いい勉強になった」

「じゃ、ドイツは？」

「日本で人気の犬種を生み出した、洋犬の名産地みたいなところだからね。だけど日本みたいに、ペットで金儲けという風潮はない。いたって真面目に、ペットと暮らすことを考えている国なんだ。ここでもいい勉強になったよ」

「先生は、英語もドイツ語も話せるってことですよね」

日本で獣医の資格を取っただけでなく、海外でさらに勉強もしていたのだ。それだけでも、十分に尊敬に値する。

「ペットを飼うことによって癒される人達が、これからはますます増えていくだろう。上手く共存していくためには、もっと皆が知識を増やすことが必要なんだ。獣医もただ金儲けに走るだけじゃなくて、躾を含むいろいろなことを教えられないと駄目だと思う」

「そうですね」

「そのために開業する前に、海外で勉強してきたんだよ。やっと落ち着いて、日本で開業したけれど、プライベートは……思うようにはいかないもんだな」

寂しげに言うと、彩都はまたじっと満流を見つめている。

「どう？　これで少しは僕に興味が湧いてきた？　僕のことを気に入ってくれたかな」

彩都は照れたように言ってくる。そんな表情を見せるとは意外で、満流はなぜかドキドキしてしまった。

「もちろんです。先生みたいな人と知り合えて、もの凄くラッキーでした」

そう答える満流も、すっかり照れて赤くなっていた。二人して、照れ笑いを浮かべている。沈黙を誤魔化すために、残ったものをせっせと食べ始めた。

サイドオーダーのサラダまで食べ終えると、彩都は自ら立ってコーヒーを淹《い》れてくれる。ドルはその足下にじゃれつき、いつもよりずっと可愛らしく振る舞っていた。

満流はとても幸せな気持ちになれた。ドルが来てから、毎日イライラ過ごしていたのが嘘《うそ》のようだ。

「ドル、おいで」

彩都は満流の前にコーヒーを置くと、今度はポケットからドッグフードを取り出し、一粒握ってドルの前に立つ。するとドルは何か貰えると思って、前足を上げてピョンピョンと跳ねていた。

「犬は欲望に忠実だ。たとえ満腹でも、人間が食べているものを欲しがる。だからって好きなだけ与えていたら、あっという間にメタボになってしまう。許されたものしか食べないように教えるのは、人間の役目だよ」

欲しくて飛びつくドルの目の前に、ドッグフードをちらつかせながら、彩都は片膝ついてしゃがみ込んだ。

「目線が上に行くと、自然と犬は座る体勢になる。そこで……毎回、同じ言葉を口にする。おすわりっ、そう、おすわりっだ」

ドルはきょとんとしている。言葉の意味は分からないが、同じ言葉が同じ口調で繰り返されるから、何となく聞いているようだ。

「命令は短く、簡潔に。犬に長文は理解出来ないから。ドル、おすわりっ。よしっ」

ドルは座ったままで、じっと彩都の口元を見つめていた。そこですかさず彩都は、ドルの口元にドッグフードを差し出した。

「そうかぁ、俺、座れだの、おすわりだの、すわれっつうのとか、もうメチャクチャなこと言ってたものなぁ。だから分からなかったんだ」

「そういうことだよ……。ドル、おすわり」

もっと欲しいのか、立ち上がって彩都の体を嗅ぎ回り始めたドルに、彩都はすかさず命じる。そしてドルが上手に座ると、小さなドッグフードを一粒、ドルに食べさせていた。

ドルはまた貰えるのではないかと期待して、ちょこんと座ったままだ。いつもは満流がフードボウルを置くと同時に、飛びつくようにして食べてしまうのに、相手が違うとこんなにも落ち着いた態度になるのだろうか。

「どう？　夜はここに泊まって、躾合宿っていうのは」

「合宿ですか？」

彩都の申し出に、満流は驚く。こうやって教えられても、家に帰って上手く実践出来る自信はなかったが、そこまでしてくれるなんてあまりにも申し訳なさ過ぎる。

「日中も、よければドル君を預かるよ。病院のほうには、病気の犬が来るから連れてはいかないけど、ここでペットホテルも経営してるんだ。そこの専任スタッフが面倒見てくれるから、どこよりも安心だろ」

「そこまでして貰ったら……甘えっぱなしになってしまいます」

「いいんだよ。気になるなら、掃除とか手伝ってくれれば嬉しいな」

「……でも……」

どうして彩都はこんなに親切なのだろう。病院も構えているし、自宅もあるのだ。宗教の勧誘とか、高額商品の押し売りなどするとはとても思えない。

やはり本当に親切な人なのだろうか。

「ここだったら、何かあったらすぐに家にも帰れるだろ？　僕もね、夜中に急患とか入ると、コーヒー飲みたくても淹れることも出来ないのが、正直辛いんだ」

コーヒーサーバーからお代わりを注いでくれながら、彩都は微笑みを浮かべて満流を見ていた。

「そんな時には、誰かいてくれたら助かると思うんだけどね」

結婚してしまえば、そんなことは解決するが、彩都はそういった相手に恵まれなかったのだからしょうがないのだろう。もし自分に何か手伝えたらと、満流はけなげにも思ってしまう。そういう優しさは、満流の美点でもあった。

「昼食は、毎日、業者が届けてくれるんだけど、朝食と夕食は自分で用意しないといけないんだ。それも疲れてると面倒でね」

「料理は、あまり得意じゃありません。料理とか、教わる前に、母は亡くなってしまったので」

母が生きていたとしても、満流に料理を教えてはくれなかっただろうと思うが、ここは言い訳をしておくことにした。

「簡単なものでよければ、用意するくらいならやりますけど」

「ああ、そんな心配はいらないよ。適当に買ってきてくれればいいだけだから。それより悲しいことを思い出させてしまったね。すまなかった」

彩都はそう言うと、近づいてきていきなり座っている満流の頭を、自分の胸に抱き寄せた。

「そうか……お母さん、亡くなっていたのか。もう悲しみは乗り越えた？」

「はい……」

「それはよかった。大切な人を失うのは悲しいものだ。それは家族同然のペットを失うのも同じなんだ。延命に努力しても、上手くいかない時は、僕も辛くてね」

そこで満流はこくりと頷く。こんなに優しい彩都のことだ。助けられなかった命に対して責任を感じて、自分を責めたりしてしまうのだろう。

「ミツル君、お父さんは、仕事何してるのかな？」

満流の背中を優しくトントンとリズムを付けて叩きながら、彩都は訊いてきた。

「新聞社の編集部長です。忙しくて、ほとんど家に帰ってきません。会社の近くのビジネスホテル、一年中借り切ってるみたいです」

「そうか……それじゃ……ミツル君、家にいなくてもいいんじゃないか？」

「まぁ、そうですけど……」

「それじゃ、決まったな。何なら、今夜から泊まっていく？」

彩都は嬉しそうだ。ドクターといった雰囲気は消え、どこか少年を思わせる表情になっている。

「い、いえ、今夜は……」

「そうだね、急ぎすぎても駄目だよな」

やっと離れた彩都は、満流の手に三粒のドッグフードを握らせてきた。

「これでさっきと同じようにやってごらん。目よりも高い位置に持っていって、おすわりと命じればいい」

「は、はい……」

満流が立ち上がると同時に、彩都は部屋を出て行った。その後を、ドルは必死で追いかけていく。

「おいっ、俺がリーダーだぞ。勘違いすんな」

何だろう、いつもはドルのことなど何も考えていなかったのに、彩都にばかり懐くとなると、嫉妬の感情が湧き上がってくるから不思議だ。

「ドル、おいでっ」

けれどドルは、まだ未練ありげに閉まったドアに前足を掛けて、必死にカリカリと引っ掻《か》いている。

「そりゃあ、相手はペットのプロだけどさ。それはないんじゃないの」

満流は床に座り込み、ドルを呼んだが全く無視されたままだ。そこに足音がして、彩都が戻ってきたのが分かると、ドルの小さな尻尾《しっぽ》は激しく震え始めた。

「痛い注射されたのに、先生がいいんだ？」

どうやらそうらしい。もう満流のいることなんて忘れて、ドルはドアを開いて戻ってきた彩都に、ピョンピョンと跳ねて飛びついている。

「どうした？　いい子にしてたんだろ？」

彩都は笑顔でドルを胸元に抱き上げ、優しく首筋を掻いてやっている。

「先生のこと、気に入ったみたいです」

「えっ？　そ、そうなのか」

彩都にも尻尾があったら、ぐるんぐるん振り回していることだろう。それくらい彩都の顔は、一気に嬉しそうになった。

「そうか、気に入ってくれたんだ。何か、最初からいい雰囲気だと思ったんだよ。よかった。明日からの合宿が、とても楽しみになってきたな」

満流にはただのだめ犬にしか見えないが、彩都にはこのドルがそんなに特別な犬に見えるのだろうか。もしかしたら姉も満流も気付かない、ペットのプロだけに分かる特別な魅力があるのかもしれない。

それならいっそ、彩都がドルを引き取ってくれればいいと思ったが、それはあまりにも甘えすぎだろう。

「これを渡そうと思っていたんだ」

プリントアウトした紙を、彩都は差し出す。

「犬の十戒……」

「そう、元々は、ノルウェーのブリーダーが、犬を譲り渡す時飼い主に渡したものらしい。今では、世界中で訳されている」

「……へぇーっ」

「よく読んで、犬を飼うとはどういうことか、考えてみて欲しいな」

「は、はい」

　そこで彩都は満流の手を取り、優しく握りしめてきた。

「君は、素直で優しい子だね。いつまでもそのままでいて欲しいな」

「い、いえ、そんなことないです」

「おかしな人間達に揉《も》まれて、この素直さが消えてしまうことがないように、祈ってるよ」

　褒められれば嬉しいものだが、こんなことを言われたのは初めてで、満流はどうしたらいいのか分からず、彩都に手を握らせたままだった。するとドルがギャンギャン吠え始めた。どうやら二人が仲良くしているのが、面白くないらしい。

「犬って嫉妬するんですか？」

　思わず訊いてしまったら、彩都は華やかに笑い出す。

「そうだよ、嫉妬深い面もある。だけど問題なのは、どっちに嫉妬してるかだな」

「あっ、きっと俺にです」

　子犬の分際で生意気なんだよと、満流はふて腐れる。飼い主くらい、ちゃんと理解しろと思うが、どうやら満流に飼い主の自覚がないことを、見抜かれてしまっているようだ。

「犬に嫉妬されてると感じるのか。だったら、ドル君は頭のいい犬だな。人間の感情の機微が分かるんだから」

　では満流は、頭の悪い人間なのだろうか。ドルの気持ちも、彩都の気持ちも、はっきり分かっているとは言い難い。

「先生、いろいろと教えてください。俺、このままじゃ、犬よりバカな飼い主になりそうだから」

「そうだね。いろいろと学ぶことはあるが、楽しんで覚えていってくれるといいな」

「はい、どうせなら、うんと楽しみたいです」

　趣味もないのだから、彩都の言うとおり、ちゃんとした愛犬家というやつを目指してみるのもいいだろう。こんな子犬に舐《な》められていては、やはりまずいだろうと、満流は努力する覚悟を決めていた。

十二歳も年上となると、満流にとってはよく分からない世界に生きている大人の男だ。彩都が三十二だと聞いて、満流は彩都とどう接していくべきか迷ってしまう。

甘えっぱなしでも、大人は許してくれるのだろうか。やはりここは、きちんと授業料とか支払うべきなのではないか。

誰かに相談したくても、父は自分のことしか考えていないだろうし、姉はそんな金を払うなんて、満流がさぼってるだけだと怒り出すだろう。

朝から講義があったから、ドルは彩都の家に預けていった。すでに若い女性のスタッフが来ていて、ペットホテルで預かっている犬の世話をしていたが、もう話はついていたのか、ドルを特別ルームのある一画に案内していた。

どうやらここは普通のペットホテルと違って、とても高級なようだ。満流はペットホテルの実態なんてほとんど知らなかったから、その違いも最初はよく分からなかった。ところが、改めて病院から貰ってきたパンフレットを見て驚いてしまった。

普通預けられたペットは、ケージに入れられるようだが、ここでは六畳ぐらいの個室が与えられる。食事は預かるペットに合わせて選べるが、希望があれば厳選された素材の手作りフードも用意するのだ。

そして愛玩動物飼育管理士の資格を持つスタッフが、散歩から遊びまでしっかりと相手をしてくれる。自宅にいるように過ごさせるので、犬猫、各一頭ずつしか預からない。

結構いい値段設定になっているのに、それでも予約がいっぱいのようだ。まさかそんなところに、ドルを預けるのかと満流は心配になってくる。ただで預けたら、営業妨害もいいところだ。

とりあえず預けたが、先客が一頭いたから、ドルは猫ルームで過ごすのだろうか。その料金はどうすればいいのかと、満流は悩みながら大学に向かった。

講義の間に、彩都から渡された犬の十戒を再度読む。犬から飼い主へのお願いという形で書かれているシンプルな文章だが、読めば読むほど、胸を打つものがあった。これこそ、ドルを買う前に姉が読むべきだったたと思える。

あんな毛糸玉かぬいぐるみみたいな生き物でも、ちゃんと自我があるのだ。そう思うと、満流の中にも、少しは愛情らしきものが芽生えてきた。彩都にあんなに簡単にドルが懐いたのは、やはり誰が自分を愛してくれるか、ドルがすぐに察知したからだ。嫌々引き受けたのが、犬にだって分かったのだろう。

講義を終えると急いで戻ったが、その途中で彩都が飲んでいたビールを買った。

そんなことしか思いつかない、子供じみた満流の対応を彩都は笑うだろう。けれど他に、どうやって感謝の気持ちを表せばいいのか分からないのだ。

家に一度戻り、簡単に掃除だけした。ドルが一日いないだけで、部屋はほとんど汚れることはない。

そしてクローゼットから数日分の着替えを取り出し、バッグに詰め込んで彩都の家を目指した。

「お世話になりました」

彩都の家に着くと、朝、ドルを預けたＶＩＰルームに駆け込み、真っ先に挨拶した。ドルは特別ルームにいるのではなくて、スタッフルームのケージの中に入れられていたので、満流はまずほっとする。

ドルはたいして愛情もない飼い主なのに、満流を見ると尻尾を振り回し、ピョンピョンと跳ねて喜びを表した。

「ドル君、いい子にしてましたよ。午前中、短い散歩に行きましたから。それと、自宅の鍵、先生から預かってます」

女性スタッフは、引き攣《つ》ったような笑顔を一瞬浮かべたが、すぐに業務用笑顔に塗り替えた。ただで愛犬預けて、いい思いしてるんじゃないと皮肉の一つも言いたかったのだろうか。

「ありがとうございます。その……困らせたりしませんでしたか？」

「ぜんっぜん。もっと凄いのがここには来るから、ドル君なんて可愛いもんですよぅ。トイプーだから、大きくなったらカットが楽しみですねぇ」

ケージから出されたドルは、嬉しげにスタッフと満流の間を往復している。

「あの……彩都先生は、誰にでも親切なんですか？」

ドルを抱き上げながら、満流は思わず心配そうな顔で訊いてしまった。するとスタッフは、満流を見ないようにして苦笑する。

「えっ、ええ、まぁ、誰にでも優しいですよ。動物だけじゃなくって、飼い主さんにも、スタッフにもね。だけど……適切な飼い方しないと、怒ったりもしますけど」

「そうなんだ……」

やはり自分だけが特別に優しくされた訳ではないらしい。それが分かった途端に、満流の中に失望感が生まれた。こんなによくしてもらっているのに、さらに自分だけ特別にして欲しいなんて、何て図々しいんだと思うが、それでも少し寂しい。

「明日も、またお願いするかもしれませんけど、よろしくお願いします」

「はい……」

そこでスタッフは、じーっと満流の顔を見つめる。満流が小首を傾《かし》げると、すぐに笑顔で鍵を満流の目の前にぶら下げた。

「それ、ずっと持っていていいそうです。小さいほうが、そこの裏口のキーですから」

革製の犬のマスコットがぶら下がっているキーホルダーには、大きさの違う真新しい鍵が二つ付いていた。

よく知らない満流のような人間にも、彩都はこうして鍵を預けてしまう。誰にでも同じにしていたら、いつか信頼を裏切られることにならないだろうか。余計な心配をしつつ、鍵を受け取った。

ドルを小脇に抱えて、そのまま中庭を突っ切って自宅スペースに向かった。小さいほうの鍵でドアを開くと、室内に満ちる清浄な空気に包まれる。動物の臭いを消すために、清浄機能のあるエアコンを使用しているのだ。

床にドルを下ろすと、すぐにドルは探検を開始する。また粗相をしては大変だと、シートを用意しようと思ったら、リビングにはシートが所々に置かれていた。そこは昨日、ドルが粗相をした場所だ。

「さすが……この気配りが大事なんだな」

黒と白を基調にしたインテリアが台無しだった。満流はため息を吐《つ》きそうになったが、ドルがシートの上でしたので、誰も見ていないと安心して、ドルを抱き寄せて大げさに褒めた。

「いい子だねぇ、いい子だぁ、よく出来ました。ドルは天才、偉いでしゅねぇ」

何でそこで赤ちゃん言葉になるんだと、反省した瞬間、満流は背後に人の気配を感じて振り向いた。

「あっ……」

彩都が診察スタイルのままで、そこに立っていたのだ。

「お帰り……。授業は楽しかった？」

「えっ、まぁ、まぁです。いいんですか？　診察中でしょ」

「ああ、少しぐらいならいいさ。それより、ミツル君の部屋に案内しよう。遠慮無く、使っていいからね」

「ありがとうございます」

彩都は二階へと先導していく。そしてゲストルームらしき部屋のドアを開いた。

「うわぁ、広いですね」

大きなベッドに、ニューモデルのパソコンの置かれたデスクが目を引く。さらに小型の冷蔵庫と電子レンジ、ポットの備えられたミニキッチンまであった。

「奥はバスルームだよ」

「えっ？」

これではまるでワンルームの賃貸住宅並だ。そこで満流は、ここが泊まり込みになるスタッフのために用意された部屋なのかなと思った。

「いいんですか、その……こんないい部屋を使わせてもらって」

「ちっともいい部屋じゃない。ユニットバスだし、狭いじゃないか」

どうやら彩都の感覚は、満流のような庶民とは少しずれているらしかった。

「こんな狭い部屋しか用意してなくてすまないと思ってるんだよ」

「そんな、十分過ぎますよ。俺の部屋より、よっぽどいいです」

「だけど今は自宅を、好きに使ってるんだろ」

「そんなことありません。みんな、物置代わりにしていて、ねえちゃんも荷物、自分の部屋に置きっぱなしだし、父の部屋はもう汚部屋もいいとこでカオスです」

そして唯一まともだったリビングは、今やドルのための犬部屋となっていた。

見るとこの部屋にも、ドルのためのケージやクッションが用意されている。そして清浄な空気がここにも満ちているのは、清浄機能のあるエアコンが、満流が来る前からすでに作動していたからだった。

「着替えはこっちに用意してある。気に入らなかったらごめんね」

そういって彩都はクローゼットを開いた。すると中には、様々なタイプの服がずらっと掛けられていた。

「……」

ここで初めて、満流は何かおかしいと感じた。一枚の服を手にすると、自分がよく着ているようなデザインで、しかもサイズが合っていたからだ。

すべてが新品だったが、この枚数を彩都はいつ揃《そろ》えたのだろう。ドルの躾を教えてもらうのは満流のほうで、そのために礼金を支払うべき立場だ。こんな厚遇をされるのは、どこかおかしい。

「あの、これ？」

「気にしなくていいよ。ここにいる間は、ミツル君には出来るだけ快適に過ごしてもらいたいから」

「いや、気にします。こんなにお金使わせてしまって、それ、おかしいですよ」

「そういうことは、君は気にしなくていいんだ。どんな環境に置かれても、君なら順応出来るだろ？」

「で、でも」

欲しかったブランドの服を見つけて、満流は大いに狼狽える。どうして彩都には、満流の欲しがっているものまで分かってしまうのだろう。犬猫の気持ちが分かるだけでなく、人の気持ちも分かるのだろうか。

「甘えてもいいんだよ」

そこで彩都は満流に近づいてきて、またぎゅっと抱きしめてきた。

いくら鈍い満流でも、さすがにこれは何か思っていたのと違うと感じた。

彩都の全身から、何ともしれない親密感が立ち上っていて、それがじんわりと伝わってきたからだ。

「犬のように、素直でいればいいんだ。与えられたものは、何も迷わず受け取ればいい」

「だけど……」

「僕のこと、気に入ってくれたんだろ？」

それはドルではなかったのか。確かに満流も彩都は嫌いではなかったが、それとは違う意味で彩都は捉えたのだろうか。

「残念だ。仕事に戻らないと……。今夜の食事はもう頼んであるから、何も心配しなくていいよ。ドル君の散歩をして、それから……シャワーでも浴びて、ゆっくりしているといい。あのパソコン、テレビも観られるから」

いかにも未練たっぷりな様子で、彩都は満流を抱いていた手を離して部屋を出て行く。一人残された満流は、ドルを抱き寄せた。

「なぁ、何か違うような気がしない？」

ドルはまだまだ部屋の探検がしたいのか、抱かれるのを嫌がって、もにょもにょ動いている。

「もしかして……俺……別の意味で気に入られた？　いや、そんな筈ないよな。だって、あのイケメン獣医だったら、いくらでも相手はいるだろ。たとえ……相手が男だったとしてもさ」

やはりここは帰るべきなのだろうか。彩都に下心があるとしか思えなくなってきた。それでもここにいたとしたら、彩都の気持ちを受け入れるということになる。

「誰にでも親切だって、これはやり過ぎだよ。おまえだったら、こういうセレブな飼い主に選ばれてラッキーで済むんだろうけど」

犬ならば、何も考えずにすべてを受け入れる。犬のように素直でいればいいというのは、そういうことなのだろうか。

二十年の人生の中で、初めてぶち当たった難問だった。

「俺、どうすればいいんだろう」

ドルの散歩のついでに、そのまま家に帰ってしまうことだって出来る。けれどそんなことをしたら、ここまで用意してくれた彩都を、深く傷つけることになる。それは満流としてもしたくはなかった。

「素直に……なってみようか。犬みたいに。先生だって、ただ話相手が欲しいだけさ。何でも疑うのは、人間の悪い癖だ」

ぐだぐだと考えるよりも、体を動かしているほうがいい。そこで満流はドルを捕まえ、すぐにハーネスとリードを付けた。

「自由に走り回りたいだろうけど、外は危険がいっぱいだ。車や自転車が走り回ってるし、人に迷惑かけたくないだろ？」

　犬の十戒が、満流の脳裏を過ぎる。

『時には私に話し掛けてください。意味は分からなくても、あなたの声は聞こえています』

「長文は分からなくても、俺がおまえを心配してることが伝わればいいんだ」

　愛しいとは、こういう気持ちを言うのだろうか。ドルが何だか可愛く思えてきた。だから抱き上げて、すりすりと頬ずりする。するとドルはお返しのつもりか、満流の顔をぺろぺろと舐めてくれた。

　今のこの気持ちと同じように、彩都は満流を可愛いと思っているのかもしれない。愛犬家が豪華なペットサークルを用意し、愛犬のために服まで揃えるのと同じような気持ちではないのだろうか。

　犬のように素直に、そういった好意を受け入れられるかどうか、満流には全く自信はなかったが、かといって今すぐに逃げ出すことは、やはりどうしても出来なかった。

　昔の人は、犬は三日飼ったら恩を忘れないと言った。まだ飼われたわけではないが、恩知らずだと思われたくなかったのだ。

夕食には満流などの知らない高級割烹《かっぽう》から、豪華なお膳が届けられた。それを二人で食べている間も、彩都は上機嫌だった。

「こうやって誰かと食事するのは、楽しいものだね」

満流が差し入れしたビールを飲みながら、彩都は犬が人間と暮らすようになった歴史など、詳しく教えてくれる。こうして話していると、やはり彩都のすることに下心などはなくて、獣医としては優秀でも、少し世間の常識とはずれているのかなくらいにしか思えなくなってきた。

呆《あき》れたことに、ドルは彩都が命じるとすんなりとお座りをするようになった。そして、待つことまで覚えたのだろう。いつもはがっついているのに、よしと彩都に言われるまで、フードに飛びつかなかったのだ。

「何で、先生だと素直にやるのかな」

「何年も犬猫の相手をしているんだ。伝わらなかったら困るよ。こつを学びたかったら、一度、犬になってみればいい」

「犬に？」

「人とは目線だって違う。手が使えない。汗腺が足裏にしかないから呼気で体温を下げるしかない。ほら、いろいろと不便だろ」

そんなものは別に経験なんてしなくてもいいと思えた。けれど彩都はそう思っていないようだ。

「命令に従うというのは、どんな気持ちだろうか。それも経験する必要があるね。座れと言われて素直に従うのはなぜだ？　おいでと呼ばれてから抱き上げられた気持ちは？」

それも分からなくていいと思うのに、満流は蛇に睨まれた蛙《かえる》のように、じっとして彩都の言葉を聞いていた。

「さぁ、それじゃ、犬を体験してみよう」

食事が終わると、彩都はさっさと片付けて満流を二階に行くように促す。

「体験って、何をするんですか？」

「ちょっとしたゲームだよ。そんなに難しいことじゃない」

それも海外で学んできたことの一つなのだろうか。彩都は、満流の知らないことをたくさん知っている。ここは素直に従うべきだと思ってしまう。

「酷《ひど》いトラウマを抱えていない限り、犬は人間にとって最高の友達、あるいは家族になれる生き物だ。飼い主の容姿も、身分も、資産も気にしない。自分が主人、または同胞と認めた相手に、犬は生涯の忠誠を誓う。素晴らしいと思わないか？」

階段の下から、ドルを抱いた満流の体をそれとなく押すようにして、彩都は上がっていく間も満流に絶え間なく触れていた。

「……そうですね」

「犬は、絶対的な信頼と愛情を向けてくれるんだよ。もちろん猫の中にも、そういった特質を持ったものもいるけれどね。猫を飼う楽しみは、あの自由奔放さに振り回されることだと思うけど、どう？」

「さぁ、猫も飼ったことないから、よく分かりません」

彩都は淀《よど》みなく話し掛けてくるので、満流は返事をするだけで精一杯だ。

「こっちだよ」

彩都が示す先には、彼の部屋があるようだ。満流は勝手に邸内を探り回るような失礼なことはしないから、閉ざされたドアを開けたりはしない。ただその向きから、何となく彩都のプライベートルームだと思っただけだ。

「どうぞ」

「広いんですね」

入ってその広さに驚いた。階下では病院と自宅のスペースは完全に分かれているが、二階は繋がっているらしい。病院の上がちょうど自室になっているようだ。

寝室とリビングに分かれていて、大型テレビが設置されている。奥にはトイレとバスルームがあった。

「それじゃ、これに着替えて」

クローゼットのドアを開いて中に入った彩都は、おかしなものを手にして戻ってきた。

「えっ……」

グレーの全身タイツというやつだ。満流はこんなもの、テレビでお笑い芸人が着ているのしか見たことがない。

「これ？」

「自然に発汗出来ない不便さを、体感して貰いたいんだ。特殊な合成ラバーで出来てるが、伸縮性はあるよ。下着だけになって、これを着てみて」

「これ……」

「恥ずかしいんなら、バスルームで着替えるといい」

背中を押され、半ば強制的にバスルームに押し込まれた。そこで満流は、改めて全身タイツをじっと眺める。

「これを着ろって？」

手足の先と顔は出るが、それ以外はぴっちりと包まれる感じだ。前に同色の長いファスナーがあって、それを首まで引き上げれば、どうにか着られた。

「何で？」

ドイツやアメリカまで行って、ペットの有り様を学んできた彩都のことだ。きっとそれなりの拘《こだわ》りがあるのに違いないが、少々やりすぎのようにも感じる。まさか彩都本人もこれを着た経験があるのだろうか。

「先生じゃ無理だろ」

身長は百八十以上あるだろう彩都には、どう考えてもこのタイツは小さすぎる。満流が着ても、体にぴったり過ぎてきついくらいだ。

「恥ずかしい……かっこ」

バスルームの鏡に映った自分の姿を見て、満流は真っ赤になる。何だか若手お笑い芸人が、初めてこんな恥ずかしい恰好《かっこう》をさせられて、テレビに出るのを待っているかのようだ。

「着替えた？」

なのに彩都は、そんな満流の戸惑いなんて無視して、すぐにドアを開いてしまった。

「あっ……あの」

「うん、いいね。可愛いよ。それじゃ手袋もしよう。犬は指なんて使わない。前足で器用に物を挟んだりするが、人間のようにはいかないんだ」

そこで大きなふわふわした手袋が、しっかり両手にはめられた。

「こ、これって羞恥プレイですか……」

「羞恥プレイ？　ミツル君からそんな言葉が聞かれるなんて意外だな。そういうのに興味あるんだ？」

「な、ないですよっ」

「君なら、遊園地の着ぐるみマスコットとか言い出すかと思った」

「あれとは違うでしょ」

着ぐるみだったら、少なくとも顔は隠れるし、こんなぴったり体に張り付いてはいない。それにもっと可愛らしい雰囲気をさせているものだ。

自分の体のラインがあまりにも生々しくて、満流は思わず股間を手袋した手で覆う。それほど大きいわけではないが、そこだけもっこりとしているのが恥ずかしい。

「それじゃ耳も付けよう。犬には立ち耳と垂れ耳があるが、プードルは垂れ耳だね。プードルというのは本来、猟で打ち落とされた鳥を、川や湖から拾ってくるための使役犬だったんだ。この素晴らしい被毛を、独特にカットするようになったのは、水中で動きやすくするためなんだよ」

そんな解説はもういい。ドルはこの先一生、水中から鳥を拾ってくることなどないのだ。

「冷えないように、心臓と足の一部に被毛を残した独特のスタイルが生まれたが、最近の日本ではあのゴージャスなカットを、プードルに施す人は減ったけどね」

にこにこしながら、彩都は満流の頭に垂れ耳の付いたカチューシャを被せる。

いっそ犬の鼻マスクでも付けてくれと、満流は開き直りたい気分だ。

「いいなぁ、本当に可愛いよ……」

うっとりと見つめられ、満流は改めてこんな恰好で人前に出られる芸人の偉さを思う。

「さ、それじゃ今からは立つのは禁止だ。四《よ》つん這《ば》いになって」

「先生、でも人間の体じゃ、構造上無理です。足は曲げないと駄目でしょ。それじゃ噓くさいです」

最後の抵抗だ。思わず浮かんだ言葉を口にして抗議すると、彩都はふんっと小さく笑った。

「そんなこと気にしなくていいよ。それより尻尾どうする？　尻尾もあるけど」

「いらないです……。もうこれだけで、十分に犬の気持ちってやつになれましたから」

ドルは満流がおかしな恰好で出て行くと、ずりずりと後ろに下がっていった。そしてしばらくすると、勢いよく吠え始めた。それもいつもと様子が違う。明らかに威嚇というか、牽制《けんせい》というか、犬に対するような態度になっている。

「ドル、おまえまで、そういう態度か？」

「いいじゃないか。同類と認められるなんて名誉なことだよ。それじゃ、首輪しようか」

もうここまでくると、コスプレーヤーの心境だ。思えばそういう趣味もなく、学祭などでコスプレをして楽しんでいる連中を、冷ややかな目で見るだけだった。あの時に経験していれば、こんなノリにも無理なくついて行けたのかもしれない。

首輪の先には、ご丁寧にリードまで付けられた。こうなると本当に自分が犬になったのかと思えてくるから不思議だ。

「首輪にリード……自由を奪われた気分はどう？　文化的な国家は、犬にもこういった不自由さを強要する。犬が自由に歩き回っている国の人達から見たら、何て残酷なことをしてると思われるんだろうな。日本もほんの数十年前までは、犬達が自由に歩き回っていた。あの渋谷の駅前で、ハチ公はノーリードで歩き回っていたんだからね」

四つん這いになった満流の首を、彩都はくいっくいっと引っ張る。すると満流の息は詰まって、げほげほと咳《せ》き込んでしまった。

「自由に進もうとすると、この苦しさが犬を襲う。だから犬は、飼い主と一体になって歩こうと思うようになる。繋がれることは苦しいのに……それでも犬は、飼い主といたいんだよ」

彩都は満流の横にしゃがみ込み、その背中を優しく撫で始めた。

「飼い主から貰えるご褒美は、食事やおやつだけじゃない。安全な寝場所や、病気の時の介護、そんなものも必要だけれど、一番必要なのは……これなんだ」

「……」

人間の言葉で返事をしたら、いけないような雰囲気になってしまった。だから満流は、黙ってじっとしていた。すると彩都の手は、大きな犬を撫でるようにますます優しくなり、背中から耳の後ろ、顎の下へと動いていった。

「愛だよ……。犬は主人を無償で愛す。主人は飼い主としての義務を果たすと同時に、その愛に応えるべく、犬を愛するんだ」

彩都の声には、催眠効果でもあるのだろうか。言葉はじんわりと心に染みこんでいく。

たかが犬を飼うだけなのに、愛が何より大切だと言われると、ますますドルを飼うことの責任が重く感じられる。

「犬の十戒を読んだだろう？　僕はね、あの最後の章で、いつも泣いてしまうんだ。どうか最期の時も……私の側にいてください。あなたがいるだけで、私は幸せなのだから。私は……あなたを愛しているのです」

そこで彩都は、うっと喉を詰まらせた。

「どんなに愛し合っても、人間は裏切ることがある。なのに犬の愛は、死ぬまで変わることはない……」

彩都は袖で目元を拭うと、いきなりがばっと満流の上に覆い被さり、きつく抱きしめてきた。

「もちろん犬だって、最初からそんなに主人を愛しているわけじゃない。ドルを見れば分かるだろ」

こくこくと満流は頷く。まさかワンッと返事をするわけにはいかなかったからだ。

「一緒の生活が続いていくうちに、絶対的な信頼関係が結ばれるんだ。そこには打算なんてものはない。金持ちだとか、容姿がいいとか、男とか女とか、人間だったら引きずるようなことが、犬には一切関係ないんだよ」

そんな愛があるなら、満流だって手に入れたいと思う。まさに打算とエゴの塊のような姉が経験する恋愛なんか、ちっとも羨ましいとは思わないが、彩都が言うような恋愛ならしてみたかった。

「運命で巡り会ったもの同士、最期の瞬間まで、愛は続くんだ。ミツル……そんな関係に憧れないか？」

「……それは……憧れるけど」

「だったら……犬になればいい。僕の犬に」

「えっ？」

これは告白なのだろうか。

それにしてもあまりにも早く、いきなりの展開で満流は考えをまとめることも出来ない。

「犬に変身することを、嫌がらなかったね。それは、僕の命令だったら、ミツルは苦にならないって証拠だ」

抵抗する余裕もなかった。気がついたら犬の恰好をさせられ、彩都の言葉を聞いているうちに、すっかり犬気分になっていたのだ。

「もう何も心配しなくていいよ。最高の飼い主になってあげるから」

「……」

そのまま彩都は顔を近づけてきて、満流の顎を捉えて上を向かせると、素早く唇を重ねてきた。

上手い話というものには、必ず何か落とし穴があるものだ。

けれどこの落とし穴の先には、いったい何が待ち受けているのだろう。

親しすぎる彩都の態度から、こうなるのは想像出来たのではないか。そういう方面が鈍いとしても、あまりにも鈍すぎる自分を、満流は恨んだ。

離してくれと突き飛ばせばいい。そういう趣味じゃないと、ここで叫べばいいのだ。

けれど口は塞がっている。最初は軽いキスだったのに、満流が無抵抗だと知ると、彩都の舌は執拗に攻め込んできた。

「んっ……んん……」

やっと抵抗する元気が戻ってきた。けれど彩都は、その優しげな外見から想像も出来ないほど力が強くて、満流は身動きもままならないほど強く押さえつけられていた。

「んっ、んんんっ、んっ」

「いい子にしなさい。ほらっ、暴れると、口を傷つける」

しっかりと満流の顎を捉えて、彩都はゆっくりと満流の口の周りを舐め始める。そんなことをされたことなどないので、満流は驚きのあまり固まってしまった。

「犬は口で愛を表現する。こうやって舐めるのは、愛情表現なんだ。だけど人間は気持ち悪がって、身を引こうとする。可愛想だと思わないか？」

「せ、先生は、人間でしょ」

「人間も同じだ。何で、世界中の人間がキスを知ってるんだと考えたことないか。誰が教えたんだろう。神様？　それとも、本能に基づく自然な欲望かな」

言葉が途切れると、また彩都の舌は満流を舐め回す。

「い、いやだっ、駄目だって」

「嫌がってないだろ……戸惑ってるだけだ」

当たっているかもしれない。嫌ならとうに逃げ出している。こんなおかしな恰好をしていても、本当に嫌だったら外に飛び出して、誰かに助けを求めているだろう。

急激な展開に戸惑っている。

それが一番、正しい答えかもしれない。

「僕を気に入ったんだろ？　僕もミツルに一目惚《ひとめぼ》れだよ。少し話しただけでも、ミツルが犬みたいに、素直で純真だっていうのは、よく伝わってきた。こうして巡り会えたのは、運命なんだよ」

このままではいけない。この口の達者なドクターにかかっては、催眠術にかけられたかのように、素直に従ってしまいそうだ。

けれど満流の中にも、こんな展開を喜んでいる部分がある。

普通に生きていたら、経験出来なかったことだ。そしてこのままいったら、もっといろいろなことが巻き起こるのだろう。

経験してみたい気持ちがある。いけないことだ。危ないことだと怖がる反面、いや、この機会を逃したら、自分には一生、こんなドラマチックな経験は訪れないと思えてきてしまう。

「どうしてこの犬、または猫や鳥が、自分の家に来たんだろう。最初はあまり考えずに、ただ飼い始めるが、そのうちにみんな同じ言葉を呟く。ああ……これは運命なんだって。ミツルは数ある動物病院の中から、どうしてここを選んだんだ？」

単にネット検索で上位にあったからでは、やはりいけないのだろうか。それとも、そういった偶然こそが、まさに運命というものなのだろうか。

「まさに運命の出会いだったな。ここで、ドルも一緒に、ずっと暮らしていかないか？」

「そ、そんな……いきなり……言われても」

「それじゃ、また自分勝手な家族しかいない家に戻る？　悪いが彼らは……僕ほどミツルを愛せない」

「……そうかもしれないけど」

満流に対して無関心な父。支配し、利用しようとするだけの姉。

そうやって考えると、いかにも不幸な若者のように思えてきてしまう。だが実際は、満流自身、何も気にせずぼんやりとそんな家族と生活していたのだ。

「一日、犬小屋に閉じこめられていたい？　公園に散歩に行ったり、時には遠くまでドライブして、広大な自然の中を思い切り走ったり出来る犬にはなりたくないか？」

「……」

耳元に顔を寄せて、熱心に満流を口説きながら、彩都の手はいつの間にか満流の腹を撫でていた。

犬が腹を出して横たわるのは、相手を信頼している証《あかし》だ。ここで満流が横たわり、いいように腹を触らせたらどうなるのだろう。前にあるこの全身タイツのファスナーが開かれ、一気にそこから未知の世界に入っていってしまうのだろうか。

「うっ！」

やはり腹では満足しないらしい。彩都の手はさらに下に伸びて、すりすりと満流の股間をさすり始めた。

「もう分かってるだろ？　僕はこういう人間なんだって」

「分かりすぎるほど、分かってきました。でも先生、まさか本物の犬とも、こんなことしてたんですか？」

「えっ？」

「だって、犬、飼ってたんでしょ」

そこで彩都は、ぷっと噴き出してしまった。

「だ、だって、犬の話、してた時、もの凄く悲しそうだったから」

「あれは……本物の犬じゃない」

「えっ？」

「自分では一生懸命愛したつもりなのに……獣医は命を預かる仕事だ。そうそう遊んでばかりもいられないだろ。派手な遊びの好きなやつでね。結局、逃げていったんだ」

「じゃペットって……」

満流はこんな恰好をさせられた意味が、これでよく分かった。

彩都が求めていたのは、満流をペットにすることだったのだと。

けれど満流は犬でも猫でもない。ペットとか愛人とか呼ばれるようなものには、なりたくはなかった。

そんな境遇を受け入れたら最後、どんどん彩都に甘えていってしまいそうで怖い。

「ペットは嫌だ……」

「んっ？」

「ただ可愛がられるだけなんて、そんなの嫌だ。もっと、人間らしい関係がいいのに」

「そうだね。ペット扱いされたら、プライドが傷つくだろうな。だけど、ペットと恋人の違いなんて、どれくらいあるか分かる？」

そんなもの分かる筈がない。何しろ満流は、ペットを飼った経験も、恋人になった経験もないのだから。

「恋人よりもペットのほうが、ずっと愛されていると僕は思うけどね。何よりも、この関係に打算はない。ひたすら愛し、愛されるだけだ……」

再び激しいキスになった。そして彩都の手はファスナーに伸び、気がついたら下まで一気に引きずり下ろされ、満流の素肌はさらされていた。

引っ掻いたり、殴ったりして抵抗すればいいのか。だが間抜けなことに、手には犬の手の形をした分厚い手袋をしたままだ。これでは彩都の体を傷つけるどころか、ふわふわとした優しい痛みを与えることしか出来ない。

彩都の唇は、満流の素肌に移動し始めた。ドルに舐められるくすぐったさとは違う、ぞわぞわする感触に、満流は抵抗することすら忘れてしまった。

こんな愛撫《あいぶ》は気持ちいい。彩都はどうやったら男の体が喜ぶか知り尽くしているのだ。抵抗なくされるままになっていたら、どんどん快感が高まっていくのだろう。

床に押し倒された満流の顔面に、その時、ねろんとしたものが当たった。閉じていた目を思わず開くと、ドルがぺろぺろと満流の顔を舐めていた。

「ド、ドル、お、おまえまでしなくっていいんだ」

慌てて体を起こそうとしたが、彩都はそれを許してくれなかった。二人がじゃれ合っていると思ったのか、ドルもそこに混ざろうとする。さらにドルは、満流の鼻を噛もうとし始めた。

「よ、よせっ、このバカ犬！」

「そういう叱り方は駄目だよ。どうしたらいいのか、子犬は知らないだけなんだ。ミツルだって、どうしてさっさと着ているものを、自分から脱がないって、いきなり叱られたら戸惑うだろ」

全身タイツを引っ張って、満流の体から引き剝がしながら彩都は言う。

「ああ……どうしよう。もっと時間を掛けるつもりだったのに、あんまり犬の恰好が可愛いから、理性も何もかも吹き飛んだ」

「り、理性、取り戻してくれていいです。ドルが顔を、こらっ、舐めるなっ」

「ドル君の気持ちもよく分かるよ。ミツルのこと舐め回したいよね。可愛いよ、ミツル。こんなに可愛いのに、これまで誰にも奪われなかったのは奇跡のようだ」

つるんと満流の体を裸に剝《む》いてしまうと、彩都は満流のものに顔を寄せてくる。そして巧みに舌を使って舐め始めた。

「あっ……やばっ」

ドルは彩都が満流のものを舐めているから、一緒になってやりたそうに場所を移動する。慌てて満流は手を伸ばし、ドルを自分の体の上に抱え上げた。

「い、犬と３Ｐなんて、そんなハードなことはしたくないって」

何もかも初めての経験で、満流は完全に落ち着きを無くしていた。ぺろぺろと顔を舐めてくるドルを、追い払う気力もない。

「うっ……」

ついに先端を咥《くわ》え込まれて、満流は息を呑《の》んだ。

これは悪くない。もっとして欲しいと思うほど気持ちいい。

犬の思考法でいくと、これは快感だから、素直に彩都に従うべきだろう。

けれど人間の思考法でいくと、こんなことをされて、気持ちよがっていていいのかと、疑問に思うべきところだ。

襲いかかる快感が、疑問をすべて振り払う。そして満流は素直に、快感の波に呑み込まれていった。

「あっ……」

「どう？　気持ちいいだろ？　動物が舐め合う気持ちはよく分かる。人間もこうして舐められると、気持ちいいものなんだよ」

「んっ……んん……」

いつか経験してみたいと思っていた。相手がいきなり年上の男というのは想定外だったが、いつもこんなに優しく愛されるなら、彩都の恋人になるのもいいんじゃないかと思えてくる。

気が弱く、相手に強気に出られると、すぐに尻尾を下げて後退る《あとずさ》犬のような満流だが、不安を感じさせない年上の男に甘えさせてもらっているうちに、もしかしたら強くなれるかもしれない。

不安だから弱気になるのだ。

守られていると分かれば、強くもなれる。

ドルに対して満流がしなければいけないことだったが、それはそのまま自分の身にも当てはまる。

愛され、守られていくことで、成長していくことが出来るような気がした。

「ああ、き、気持ち、いい……」

満流の呟きに励まされたのか、彩都の口の動きはますます激しくなっていった。

もう保《も》たない。こんな快感に耐えられるほど、満流はタフではなかった。

「い、いきそう……」

「いいよ……そのまま……いって」

彩都の声は甘く、満流を限りなく安心させる。このまま甘えてしまっていいのだと思えて、満流はもう何も考えずに、素直に自身の欲望に従った。

「うっ、あっ……ああ……」

憧れていた初体験は、一瞬で終わってしまった。彩都がすべてを口で処理していることが分かっても、満流はあまりにも恥ずかしくて声も掛けられなかった。

「さぁ、どうしよう。一度に何もかも教えても、覚えられないかな。だけど、いい感じになってる今なら……大丈夫そうだ」

そう言うと彩都は、満流の体を俯《うつぶ》せにしてしまった。そして腰を上げる恥ずかしい体勢を取らせて、診察するように満流のその部分に指を添えてくる。

「あっ！」

「太い体温計だと思えばいい。大丈夫、すぐに慣れるから」

「えーっ、む、無理。いきなりそんなっ」

「素晴らしい瞬間だよ、ミツル……犬の十戒を思い出してくれ。私には、あなたの骨を噛み砕くことの出来る牙があるのに、決してあなたを噛まないと決めているのです。素晴らしいだろ。ミツルは、僕を殴り倒すことも出来るのに……こうして素直にされるままになっている。これはもう、犬以上の愛だね」

うっとりとした様子で言いながら、彩都は満流のその部分を指で広げ始めた。

「何もかも初めてなんだね。心も体も戸惑ってる。怯《おび》える子犬みたいだな。大丈夫、痛いのは最初の少しだけだ。すぐに、これが大好きになるよ」

「あっ……何で……そ、そんなことまで」

「最初にルールを覚えるべきだ。僕はこうやってミツルを可愛がりたい。ミツルにとって、耐え切れないほど不快だったら、別の方法を二人で考えよう」

「そ、そんなに……セックスって、したいものなのかな」

「当たり前じゃないか。ミツルはしたくないのか？」

出せばすっきり、それだけのことのように思えるが、セックスとはそういうものではないのだろうか。全く経験のない満流には、この先の行為が自分にどんな変化をもたらすか、想像することすら難しい。

「一人でするのは、ただの排泄行為だ。二人でやることに意味があるんだよ。人間が他の動物と唯一違うところは、本能だけに頼ることなく、思考で発情を呼び起こせることだ。相手が同性でも愛情が喚起されるのは、人間の特権、素晴らしいことだよ」

さらにその部分を広げられて、満流はうっと呻《うめ》く。

これは快感になっていくのだろうか。それとも不快感なのか。

不快だと感じて、これをしたくないと伝えたら、彩都はどんな形の別の方法を持ち出すのだろう。だが、それで彩都は満足出来るのだろうか。

二人ですることに意味があるなら、彩都にも十分な快感が与えられるべきだ。そのためにはこの苦しみも、耐えて乗り越えないといけないのだろう。

それが愛を育てることになるのだ。

犬が首輪の苦しさに耐えるように、この引き攣れるような痛みにも、耐えていかないといけない。

彩都を受け入れるなら、痛みも何もかも含めて、受け入れるべきなのだ。

「覚えがいいな。体から無駄な力が抜けてる。それでいいんだ……はら、もう開いてきた。これなら入れられる」

「うっ……うっ……」

満流が苦しげに呻くと、ドルは心配そうにその顔を覗き込む。そして床に着いている満流の手を、がじがじと囓り始めた。

「ううう、うっ」

そこには彩都のものがめり込んできている。指先は、ドルのガム代わりとして、いいように囓られていた。

「い、痛い……痛いよ……」

「すぐに気持ちよくなるから」

「あっ、い、痛い」

その部分ではない。ドルに囓られている指先がマジで痛むのだ。これはすぐにでも、噛まない躾というやつを教わる必要がありそうだ。

「あっ、い、いてっ、い、痛い」

「んんっ……いい声だな。痛みに耐える声が、もの凄くセクシーだよ」

「んっ……ゆ、指が」

「もう指じゃない……それよりもっと太いものが、ほらっ、入ってるだろ」

そうじゃない。囓られている指が痛いのだと、満流は叫びたい。

このままではドルのほうが犬の十戒を破って、満流の骨を噛み砕きそうな勢いだ。

ついに満流はドルの口から指を引き抜き、体でしっかりと手を隠した。

まさか満流が彩都に可愛がられているから、嫉妬して噛んでいるなんてことはないのだろうか。そんな複雑な感情を、この毛玉が持つ筈はないと思いたかった。

「じっとして……最初だから、出来るだけ早く終わりにしてあげるから」

「んっ……んんっ……」

「こんなにすぐ、受け入れてくれるとは思わなかった。だけどこれで終わりじゃない。今から、本当のスタートだよ、ミツル……」

「んっ……」

最初は遠慮がちだった彩都の動きが、時間と共に激しくなってきた。それにつられて、入り口の引き攣れるような痛みもまた強くなってくる。

「うっ！」

いつかこれも快感になるのだろうか。そうなる頃には、満流も彩都の恋人らしくなっているのかもしれない。

「あっ……ああ……い、痛い」

指は痛まなくなったが、代わりにあの部分の痛みがはっきりと伝わってきた。

全体がソフトな印象なのに、セックスに関してはやはり彩都も男だ。満流の中に自身のものを打ち付ける強さは、かなりのものがあった。

「痛い思いさせて、ごめんね、ミツル。だけど……僕も、久しぶりで、燃えてるんだ」

「んっ……んん」

ペットだった男が逃げてから、彩都にはそういった相手もいなかったのだろうか。そう思うと、彩都の真面目さが分かるような気がして、満流も救われた思いがしてくる。

「大切にするよ。うんと、可愛がってあげるから」

夢見心地でいいながら、彩都はさらに激しく自分のものを打ち付ける。そしてついに低く呻いて、静かになった。

彩都のベッドに寝かされている。久しぶりにこういった関係の相手を手に入れた反動なのか、結局、三回も続けて相手をさせられた。さすがにいきなりでこれは辛い。

何でこうなったのか、満流はうつらうつらしながら考える。

ドルがすべてを運んできたのだ。

これは幸せな結果になるのだろうか。

人間よりはるかに寿命が短いとはいえ、十年以上は生きるだろうドルが儚《はかな》くなる時、満流は彩都と二人、ドルの旅立ちを見送ることになるのか。

それとも彩都の前の恋人のように、ここを出て新しい恋人と暮らしているのか。

何も分からないけれど、一つだけはっきりしているのは、もう姉が何を言っても、ドルを渡すつもりはないことだった。

トレンドだからトイプードルを買う。そして世話は人任せ、躾なんてしないで、ただ愛犬グッズばかり買い漁っている。

そんな姉には、ペットを飼う資格があるとは思えない。

「サボテンでも育ててればいいんだ」

思わず呟いてしまったが、すぐに満流は考えを訂正する。

植物だって、やはり愛ある家で育てられたいに決まっているだろう。

彩都は満流の体に腕を回して熟睡している。こんなことのあった後で、満流は寝てなどいられない。彩都の体がこうして密着しているだけでも、ドキドキして自分を見失いそうなのだ。

その時、突然電話が鳴り出した。すると留守番機能のメッセージが流れる。

『当院の診察時間は終了いたしました。緊急の場合は、この後にメッセージをどうぞ』

女性スタッフの声がメッセージを伝えたその後に、慌てた感じの若い女性の声が続く。

『すみません。おもちゃのボールを、呑み込んでしまったみたいなんです。苦しそうで、息も出来ないみたいなんですが、あっ、フレンチブルドッグです……診てはいただけないでしょうか』

満流はそれを聞いてしまった。ここでやはり彩都を起こすべきだろうか。しかし時間は真夜中過ぎで、彩都は疲れて爆睡しているのだ。寝かせてあげたいけれど、やはり聞いてしまった以上、黙ったままではいられない。

「先生……電話が」

「ああ、分かってる。聞こえてるよ。相手の番号にかけ直して、すぐに連れてくるように言ってくれないか？」

「お、俺が？」

「その間に……シャワー浴びて着替えるから。手伝ってくれると助かる」

起き上がった彩都は、裸の胸を手でこすりながらため息を吐いていた。

「ミツル、僕と暮らすってことは、つまりこういうことの連続なんだよ。ここを出て行ったあいつも、これが嫌だったんだろうな。恋人でいたいのに、獣医に戻らないといけないんだから」

諦めたように言いながら、彩都はベッドを抜け出して、素っ裸のままバスルームに向かった。

見かけの優しさに似合わず、その体はしっかりしたソフトマッチョだ。忙しい毎日なのに、彩都は自分の体型を維持するために、隠れて努力でもしているのだろうか。

「あの、ほ、他に何か、手伝えることありますか？」

「ん……手術になると思うから、終わったら、飼い主さんと僕にコーヒー、淹れてくれるかな」

「コーヒー？」

「下のスタッフルームに、サーバーとかあるから。ほらっ、折り返し電話、してあげてよ」

満流でもいいのだろうか。詳しいことを訊かれても、答えられないというのに。

けれど心配している相手の気持ちはよく分かるので、満流は表示された番号にすぐにかけ直した。

「あの『アヤト・アニマルクリニック』です。院長は、今、患者さんを迎える準備をしておりますので、至急、連れてきてください」

そこで満流は慌てる。犬を患者と呼ぶのはおかしい。では何と呼ぶべきだったのか。

だが満流の心配は無駄だったようだ。電話からは、悲鳴に近い喜びの声が聞こえてきた。

『よかったぁーっ、もう駄目かと思ってたんです。すぐに車で向かいますから』

「はい、お待ちしております」

何で、スタッフみたいなことをしているんだと思ったが、こうなるとつい体も率先して動いてしまう。

「先生、俺、病院、電気点《つ》けて、鍵開けてきます。鍵は？」

バスルームに入り、シャワーブースの中に見える彩都のシルエットに向かって叫んだ。すると彩都はシャワーを止めて、濡《ぬ》れた髪のまま顔を向けた。

「何？」

「病院の鍵、貸してください。電気点けて、ドアを開けておきますから」

「……気が利くな。ベッドサイドテーブルの引き出し」

「分かりました」

自宅から病院にそのまま行けないようにしているのは、彩都なりの拘りだろう。プライベートを分けたいのだ。

けれどどんなに分けようとしても、こうして現実は彩都からプライベートの時間を奪っていくのだ。

満流はすぐに着替えると、鍵を手に部屋を出ようとした。すると部屋の隅のクッションで寝ていたドルが、起き出してきて後を追おうとする。

「いい子にしてろよ」

目の前でドアを閉めると、ドルは不安そうにキューンと鳴いた。きっと満流の緊張感が伝わったのだ。

そのまま鍵を手にして、階下に走り下りた。そして病院の裏口に回り、ドアを開く。

「そうか……こういうことなんだ。どんなにいい雰囲気になってたって、容赦なく、病気や怪我《けが》のペットがやってくる。先生が何もかも急ぐ気持ち、分かるような気がしてきた。自分の時間が、いつ打ち切られるか分からないんだものな」

一つ、また一つと電気のスイッチを入れていきながら、満流は呟いた。

たとえ小さな動物でも、命を預かるドクターだ。プライベートを犠牲にしなければいけなくもなるのだろう。

「だから……同居なんだ。いつでも側にいれば、先生は安心出来るんだな」

恋人と会うために、夜中に一時間車を走らせるのは、彩都には難しいことなのだろう。もちろん定時で診察を終え、後は引き受けないということも出来るが、彩都はそんな形で自身の評判を落としたくないのだ。

診察室の壁には、彩都がアメリカとドイツに留学中の写真が飾られている。今より、少しだけ若かった彩都の顔には、自信が溢れていた。

「こういうふうに、情熱の持てる仕事に就けるのは羨ましいな。俺は……いったい、何がしたいんだろう」

会計士にでもなれば、将来の就職に有利だろう程度の気持ちで、商学部に入った。けれど日本経済のために努力するつもりなんて、最初からない。

こんな時代だ。大手の企業に入れるなんて思っていないし、かといって父のコネを使って就職したいとも思わない。

表の看板の電気は点けずに、受付も一カ所だけ電気を点けた。それが夜間の緊急事態という臨場感を、余計にかき立てている。

予防注射でやってきたのは、ほんの数日前だ。それがどうして今は、ここのスタッフのような顔をしているのだろう。

「あっ、そうか……」

ペットホテルのスタッフが、満流を見て笑いを堪《こら》えていたのを思い出した。

「先生がそういう趣味だって、みんな知ってるんだ」

以前の恋人も同居していたのだから、当然、スタッフは彩都の趣味を理解している。独身イケメン獣医をターゲットには出来ない代わりに、彼が夢中になる相手の品定めをして、彼女らは楽しんでいるのだろう。

「あっそっか、それで……ね。笑ってたんだ」

予防注射に訪れてからすぐに、強引に同居に持ち込む彩都の凄腕《すごうで》を、彼女らは拍手で称賛したに違いない。

思わず苦笑いを浮かべていたら、駐車場に車の入ってくる音がした。

「どうしよう……」

彩都はまだ来ない。満流は緊張しながら、ドアを開いて急患のフレンチブルドッグと、その飼い主が飛び込んできたのを出迎えた。

「先生、息をしてないいんじゃないかって、思えるんですけど」

いきなり白目になった犬を見せられ、満流は慌てる。

「先生は、今、来ます。落ち着いて、大丈夫ですから」

そこに彩都が、ブルーの手術着スタイルでやってきた。

「こっちに……呼吸、してないのかな？」

「は、はい」

「呑み込んでから、どれくらい経《た》ってるのかな」

「十分くらいだと思います」

「何とか、鼻で呼吸していたみたいだね。スキャンして、すぐに開腹しますから。申し訳ないですが、手術の同意書にサインだけお願いします」

彩都はぐったりしたフレンチブルドッグを受け取り、その口を大きく開き、中を覗き込む。こんな顔をして彩都は働くのかと、満流は思わずその姿をじっと見つめてしまった。

「ミツル、受付に同意書あるから、サイン貰っておいて。あっ、ボールが見えるな。今、酸素……人工呼吸から……いくか」

口を閉じないように器具で固定すると、彩都は細いピンセットを喉に入れていく。するとフレンチブルドッグの体がびくっと震えた。

「よし、捕まえた。切開、しなくて済みそうです。思ったより手前だな。よし、噛むな。ミツル、暴れないように押さえて」

同意書なのか、犬を押さえるのかと迷ったが、犬が最優先なのは確かだ。ミツルは犬が暴れないように、飼い主と共にその体をぎゅっと押さえ込む。

彩都は気道を広げ、呼吸器の先を差し込んだ。そのせいで犬は意識を取り戻したのか、ぴくぴくと動き始める。それでも彩都は狼狽えず、今度はピンセットを奥まで入れて、ついに問題のゴムボールを引っ張り出した。

「よしっ、取れた」

ゴムボールが出ると、犬は激しく咳き込み始める。その横で飼い主は、大泣きしていた。

「切開しなくて済みましたね。あの同意書は、どうすればいいんですか」

満流が問いかけているのに、彩都はしばらくぼうっとした顔をしていた。

「同意書はいらない。代わりに問診票に、住所と名前だね」

飼い主はありがとうございますと、愛犬の名前を交互に叫ぶばかりで落ち着かない。そこで満流は問診票を見つけ出し、ペンと一緒に見えるところに置いておいた。

そしてすぐに裏手のスタッフ用キッチンに入り、彩都のためにコーヒーの準備を始めた。

何だかよく分からない充実感がある。それは大学の合格通知を受け取った時以来、感じたことのないものだった。

「何か凄いな……。もし先生が診なかったら、あの犬、死んでいたかもしれない」

感動というものを、久しぶりに味わった気がする。

心が熱くなり、目頭に涙が滲《にじ》んだ。

これまで何となく生きてきた。だがこれからは、何かが変わるだろう。そんな感動の波が押し寄せている満流の背後に、彩都がさりげなく立っていた。

「コーヒー？　ミツルは本当に気が利くな。前の彼は、こういうことしたがらなかったんだ。あ、ごめん。別に彼と比較してる訳じゃないんだけど……」

「いや、いいです。そいつには、先生の価値が分からなかった。ただそれだけですから」

泣いていたのを知られるのが恥ずかしくて、満流は慌てて目をこする。けれど彩都には、見抜かれていたようだ。

「ミツルに出会えてよかった。やっと、本物のパートナーに巡り合えた予感がするな」

満流の肩に手を置いて、彩都は甘い声で囁いてきた。

「商学部辞めて、獣医の資格取れよ」

「はっ？」

どうしていきなりそんな話に飛躍するのだ。満流は泣き笑いの顔になる。

「俺、そんなに頭よくないから」

「大丈夫、僕が教えるから」

「でも、そんな金は家にはないです」

「誰がミツルに払えって言った？　それくらい、僕が用意する」

「えっ……」

「獣医になれる素質があるよ。ミツルは、優しい人間だから」

それだけで獣医になれる筈がない。けれど彩都が勝手に夢見るのまでは、満流にも止められなかった。

「だけど……犬も飼ったことなかったんですよ？」

「男の産婦人科医だって、赤ん坊生んだ経験なんてなくても資格取れるだろ。それと同じだよ。今から勉強しても、十分に追いつく。大切なのは、命を守りたいと思う心だよ」

新たな不安の種が見つかった。

この強引でマイペースの彩都と、この先も上手くやっていけるのだろうか。きっと彩都は、こうして次々といろいろなことを提案していって、満流を自分好みの男に変えていこうとするだろう。

犬は飼い主に似るという。それは飼い主が、そうなるように躾けるからだ。満流もこのままいけば、彩都流の躾に染まって、大きく変わってしまうのかもしれない。

「さっ、コーヒーをみんなで飲もう。飼い主さんも落ち着いたことだろう。犬はタフだからね。異物がなくなれば、途端に元気になるものさ」

彩都の言ったことは本当だった。コーヒーを紙コップに入れて待合室まで運んでいくと、もうフレンチブルドッグは立っていて、短い尻尾を振っている。

「先生の弟さんですか？　あまり似てないけど、お二人ともイケメンですね」

落ち着きを取り戻した飼い主は、二人を見て笑顔で言った。

「いや……その」

「残念なことに弟じゃないんですが、今から獣医になる見習いです」

彩都はそう言って、満流のことを紹介していた。

まだ獣医になるなんて、一言も了承していない。けれど気がついたら満流は、獣医学の参考書とかを見ていることになるのだろうか。

「あの、夜中なので、あんまりお金の用意がないんですけど、カード使えますか？」

不安そうに訊く飼い主に、彩都は笑顔で答えた。

「初診料だけでいいですよ」

愛の行為の後、ベッドでまどろんでいたのを叩き起こされ、手術着まで着込んで用意していたのに、それだけでいいと言うのか。

満流は彩都の欲のなさに驚くと同時に、新たに彩都を尊敬の目で見直していた。

「そんな……いいんですか？」

飼い主も驚いている。

「いいんです。ただし、帰ったらすぐに、部屋を掃除してください。遊んだおもちゃは、出しっぱなしにしないこと。呑み込む危険のあるものを、床に放置してはいけません。化粧品とか、食べかけのチョコレートとか、こういったものは誤飲したらとても危険です」

「……は、はい」

身に覚えがあるのだろう。飼い主の女性は、彩都に強く言われて狼狽えている。

「口の大きさを考慮して、おもちゃは選んでくださいね。それと、この子はメタボ気味だな。人間の食べ物は、欲しがっても与えないこと」

側で聞いていた満流は、彩都が怒ることもあると言っていた、スタッフの言葉を思い出す。飼い方が悪いと、彩都はこうして本気で飼い主を叱るのだろう。

「ひっぱりっこ出来るロープ型のおもちゃとかなら、呑み込まないのでいいかもしれません。呑み込むのが癖になっているようだと、また同じことしますよ」

言いたいことを言ってほっとしたのか、彩都はそこでフレンチブルドッグの体を撫で始めた。

「よかったな……」

それだけの言葉が温かくて、満流はまた涙ぐみそうになる。

彩都と巡り合わせてくれた運命に、満流も感謝したい気持ちでいっぱいだった。

優しさを学びたい。それはきっとこれから満流が生きていくうえで、もっとも大切なものになっていきそうだった。

これまではただ流されて生きていたけれど、今からは違う。満流にだって、家族以外の誰かの役に立てることはあるのだ。

疲れていたけれど、二度目の眠りは浅かった。すぐに朝になってしまい、満流はぼうっとしたまま起き上がる。

「あれ？　そうか……ここ、先生の部屋だ」

初体験だというのに、いきなり激しい行為になってしまった。その後なのに、彩都は嫌な顔もせずに診察をしている。

そして今朝はもう彩都の姿は、ベッドの中にはなかった。

あれだけやって、たいして寝てもいないのにもう起きている。彩都は見かけよりずっとタフな男なのだ。

「起きたね。朝食の用意、出来てるよ」

ドアが開かれ、彩都がいつもどおりの笑顔を見せる。

「すぐに行きます。あっ、服、脱いだままだ」

昨夜は部屋に戻ってから、それ以上何もされなかったけれど、彩都のリクエストで裸で添い寝した。散々見られた裸だけれど、朝になるとやはり恥ずかしく感じられる。

「あれ？　着替えは？」

寝室に置かれたデスクの椅子に、ジーンズもシャツも引っかけておいたつもりだった。ところがそれらはみんな消えている。

「服なら洗濯したよ。別に、ここにいる間は着なくてもいいじゃないか」

「えっ？」

「室温調節はしてある。寒くはないだろ？」

「でも、あの……」

「恥ずかしい？」

そこで満流は、こくこくと頷いた。

「どうして恥ずかしいの？」

「えっ、それは、服を着るのが当たり前だから」

「そういう固定観念は、しばらくの間封印するといい」

「はっ？」

つまりずっと裸でいろということだろうか。さすがにそれは難しい。

「パンツだけでも駄目ですか？」

「人間も裸が一番美しいんだよ。ミツルは特に美しいのに、何で隠す必要があるんだ？」

駄目だ、何をどう言っても、彩都には聞き入れる気持ちはないらしい。

「お利口にしてくれ……いい子だね」

彩都は近づいてくると、さりげなく満流の首に腕を回す。と、思ったら、巧みに首輪をされていた。

「まさか、この格好で大学行けとまでは言わないよね」

「大学？　ああ、もう通う必要はないだろ」

「いや、無理。獣医になるとか、絶対にあり得ないから」

獣医にならないかと彩都に言われたが、あれは本気だったのだろうか。今の大学だってやっと受かったというのに、今からまた新たに受験しろと言われても、自信は全くない。

「動物なんて弄ったことないし」

「だけど、このまま今の大学に行って、それからどうするつもりなんだ？」

優しく髪を撫でられながら、妙に説得力のある声で言われると、満流はまたもや抵抗出来なくなってきている。

「どうするって……会計士の資格目指すか、普通にどこかの商社の営業に就職するつもり」

「いいよ、それでも。ミツルの人生だからね。確かに獣医は、楽しく遊び暮らすってイメージじゃないし、なりたくないって言われたらそれまでだ」

彩都はいかにもがっかりした様子で、満流の頬を撫でさする。

「ミツルがある会社の営業になるとしよう。きっと人のいいミツルのことだ。先輩達から、嫌な仕事を押しつけられたりするんだろうな。お局連中には舐められ、パワハラ上司にいびられて、可哀相に……僕の可愛いミツルはぼろぼろだ」

いいや、まだそんな会社に就職するかどうかも分かっていない。勝手に妄想しないでくれと言いたいが、彩都はさらに続けていく。

「海外出張と喜んだら、とんでもない危険な国かもしれない。国内の転勤はもう若手独身社員の常識だ。そうなったら、僕はミツルに会うために、毎週、新幹線か飛行機で行かないといけないんだろうな」

「えーっ、それは、その……まだ決まったわけじゃないし」

「商社に入社するって、そういうことだろ？」

「定時に帰れる会計士とか、役所の職員とかもあるんじゃないかな」

そんな多忙な商社なんて無理だと、満流だって分かっている。彩都が心配するとおり、この流されやすい性格では、他の社員にいいように利用されてしまうだろう。

かといって、毎日、地味に数字だけを相手にしているような仕事が、自分には向いているのかと思うと、それも自信がない。

「そうか……病気の動物を相手にするより、行政の手助けのほうに魅力を感じるのか。苦情受け付け係になんて、回されないといいな。その筋の怖いお兄さんとか、絶対に自分は正しいと信じている住民から攻撃されても、ミツルだったらきっと耐えられる」

「えっ……まぁ、その……」

そんな言い方をされたら、ますます将来に対する不安が増大してしまう。とりあえずどこかに就職すればいいやぐらいに考えていたが、そういったことを口にしたら、彩都に徹底的に追及されてしまいそうだ。

「今の俺は、先生にとって可愛いかもしれないけど、いつまでもこのままじゃないよ」

若さや可愛さなんて、一瞬吹き荒れる風のようなものだと満流は思う。それに比べて、老犬になっても子犬のように愛らしい小型犬が羨ましかった。

「同じこと、僕も言おうか？　ミツルより十二年も先に生まれてしまった僕は、どう？　魅力がない？」

「そんなことない」

むしろ魅力があり過ぎて困るぐらいだ。満流にとって、彩都がこんなに魅力的でなかったら、こんな展開にはなっていなかった筈だ。

「ミツルもあと十二年もしたら、素晴らしい大人の男になっていると思う。そうなったときに、釣り合わない男にならないよう、僕も努力しないといけないね」

そんな先のことを言われても、実感は湧かない。ただ感じられるのは、彩都がどうにかして満流をここに引き留めようという必死さだ。

「今から大学入り直しても、卒業するまで何年もあるし」

「獣医学科は六年だが、大丈夫、それぐらい僕らの一生のうちの、ほんの一瞬だ」

「先生、よく考えたほうがいいと思うよ。俺には、それほどの価値はないって」

「なぜ？　始まったばかりで、何の努力もしないうちに、別れる心配してるのか？」

そのとおりだ。軽率な発言だったと、満流は項垂《うなだ》れる。

「んーっ、そういう顔も、叱られた子犬みたいでキュートだな。可愛いよ、ミツル」

すぐに彩都は満流を抱きしめてきて、頬に優しいキスをしてくれた。

「もしミツルが逃げたら、それは僕が最低の飼い主だって証拠だな」

「そんなことないよ。先生はいい飼い主だ」

「だったらミツル、いい子にしておくれ……」

頬へのキスは、巧みに唇に移動していく。すると自然と満流の体は反応してしまった。けれど裸では隠しようもなくて、すぐに彩都に知られてしまった。

「あっ……」

「体は素直だね。心も素直になっちゃえば？」

彩都の手が、興奮したものに添えられた。それだけで満流は何も考えられなくなってしまう。

「何で、朝から……こんなになっちゃうんだろ。あんなにしたのに」

健康すぎる自分の体が、満流は恥ずかしくてたまらない。だが彩都は、満流のそんな反応を心から喜んでいた。

「嫌いじゃない証拠さ。ミツルは……セックスが好きなんだ」

「や、やめてよ。そんなふうに言われると恥ずかしい」

「恥ずかしがる必要はないんだよ。愛されることを、うんと楽しめばいい」

そのまま彩都は、満流の体の上に覆い被さってくる。

そこでドルが抗議の鳴き声をあげはじめた。こうしてまた二人がいちゃつきだしたら、自分の朝食もずっとお預けになってしまいそうだからだ。

「すまないな、ドル。今、僕らは食欲より性欲優先なんだよ。ミツルが覚え立てだからね、上手になるには繰り返しやることが必要なんだ」

彩都の手でこすり上げられて、満流は全身をぶるっと震わせた。

入れられるのは気持ちいいばかりじゃない。なのに体は、勝手に期待しているのはどうしてなのだろう。

「あっ……やだな……体が」

「覚えがいいんだな、ミツルは。大丈夫、受験だってこの調子でいけば簡単さ。強制はしないけど、期待はしてるよ」

強制されるより、期待されるほうがずっと重荷だ。けれどこの調子でいったら、期待に応えたいとか思ってしまうのだろう。

「朝からこういうことするのも新鮮でいいね」

彩都はそっと満流の体を俯せにすると、素早くベッドサイドのテーブルから、医療用の薄手手袋とジェルを取り出す。そしてその部分に、ひんやりしたジェルを塗り込め始めた。

「うっ……」

「ほうら、いい子だ。じっとしてないと、指で中を傷つけちゃうだろ」

「んっ……んん……」

体の中に、自分のものではないものが入ってくるというのは、何とも不思議な感じだ。こればかりは、いつまで待っても慣れそうにない。

他の男に比べれば、彩都の愛撫は巧みなのだろう。痛みもなく、とてもソフトなタッチだ。比較しようにも経験がないから分からないだけで、きっと素晴らしいテクニックを持っているのに違いない。

そうでなければ、体がこの関係を嫌がらないのが不思議だ。

「んんっ……あっ……」

「そうだよ、リラックスして。痛みはもうほとんどなくなっただろ」

「んんっ……」

「いい子だ。この奥に、とっても感じる部分があってね。そこを上手く捕まえれば、いつも素晴らしい快感が味わえる」

「ほんとに？」

「ああ……ほらっ、ここだ」

本当におかしな場所があった。きっと昨夜も、何度かそこにヒットしていたのだろう。怒濤《どとう》の初体験で、そんな快感を味わう余裕なんてなかったのだ。

「あっ……えっ……」

じわりと追い詰められた感じがした。射精感が増してきて、じっとしていられない。

「そ、そこ、やばいよ」

「そうだね……かなりまずいだろ？」

「んっ……んわっ」

すぐにでもいってしまいそうで、満流は彩都の腕から逃れようともがく。するとしっかりと押さえつけられてしまった。

「逃げたら駄目だよ」

「うっ、ううう」

「こういうことをいっぱい学ぶためにも、満流はここから出たらいけないんだ」

「う、うわっ、あっ、ああっ」

「迷子の子犬になんて、させないから」

彩都には、自分の欲望を満たす予定はないらしい。ひたすら満流の体を弄っているばかりだ。

「ほうら……いきたくなってきただろう。もうパンパンだ」

もう一方の手で、性器をやんわりとこすられた。

それだけで満流の脳内に、羽を付けたドルが飛び回っている。

「あっ、ドルが飛んでる」

「んっ？」

彩都はそこで不思議そうに、クゥークゥー言っているドルを見ていた。

「ジャンプはしていないよ」

「羽が、ああ、羽のあるドルが飛んでる」

「そうか、犬の天使が見えてるのか。それは凄い」

彩都は笑っている。憎らしいほどその笑いには、余裕が感じられた。

満流にはもう余裕なんてない。ひたすら走り続け、まさにゴールに倒れ込む寸前だ。

「あっ、ああっ、ううっ」

すべてが性器の先端から飛び出したような気がした。シーツに染みが広がっている。それを見ながら、満流はゆっくりと体を起こし、ベッドの上に正座していた。

「張り切ってスクランブルエッグを作ったのにな。冷めてしまっただろうな」

「ご、ごめんなさい」

「謝る必要はないよ。悪いことしたわけじゃないだろ」

けれどいいことをしたわけでもない。朝から、キスされただけで発情するなんて、これまでの満流には考えられないことだった。

「俺、自分のこと草食系だと思ってたのに……」

「去勢された訳でもないのに、勝手な思い込みってやつだね。もう解放されたんだ。これからは、毎日、楽しめる」

「こんなことばっかりやってたら、ますます頭が悪くなりそう」

またバカな発言をしただろうか。彩都はおかしそうに、ゲラゲラと笑い出す。

「そんなに笑わないでよ。獣医になれる頭なんてしてないんだから、これ以上、頭悪くなったらどうしよう」

「逆だよ、ミツル。生物はセックスしたほうが、すべてが活性化するんだ」

「そうなの？」

「ああ、しないよりは、したほうがいい。僕も、今日はとても充実している。ありがとう、ミツル。君のおかげだ」

しないよりはしたほうがいい。そんなふうに言われると、ますます何もかも肯定的に受け止めてしまう。

そういうポジティブさは、満流のいいところでもあった。

部屋には鍵がかけられている。しかも外側からだ。つまりケージに閉じこめられたドルと、同じということだろう。

目の前には、獣医学部受験のための参考書が積まれている。これに真面目に取り組まないと、満流に自由はないらしい。

だが自由になったところで、この恰好でどこに行けというのだ。

首には首輪をはめられ、体は裸だ。

「これがなけりゃなぁ……」

感動の同居開始から一週間で、もう満流は悲鳴を上げている。

「やっぱり……変だよ。これじゃ、男に逃げられるわけだよな」

恋人だとか言いながら、結局はこんな恰好をさせてペット扱いされたままだ。

しかもどうせ辞めるのだからと、ここ三日、大学にも行かせてもらっていない。

「マジで、獣医にさせる気かな」

傍らではドルが、おもちゃを口に咥《くわ》えて遊ぼうと誘っている。

「だーめ、この課題をクリアしないといけないんだよ。何で、また受験生？　あの地獄をまた経験しないといけないのか。生物とか化学なんてものも、あるんだけど」

家に帰っていないことを、父は疑問にも思っていないらしい。電話もメールもなかった。当然、姉はドルの様子を訊ねたりしてはこなかった。

犯罪に巻き込まれていたらどうすんだと思いつつ、父にだけはメールを送った。いろいろと文面を悩んだが、思い切って恋人の家にいると書いたら、返事は短く、『ああ、そうか。よかったな』とだけ返ってきた。

「ミツル、ランチだよ」

やけに明るい声が響いて、外から鍵が開かれる。ランチの弁当箱を手にした彩都が、にこやかに入ってきた。

「先生、俺、このままずっと毎日裸なの？」

「寒くないように、温度調節してあるだろう。動物はみんな裸だ。その皮膚で、いろんなことを感じ取る能力があるのに、人間は着衣によって、その能力を失ってしまった……というのは建前で、ミツルの体を見ているのが楽しいからさ」

あっさりと白状されて、満流はため息を吐いた。

「今から受験準備しても、無理だと思う。あの商学部だって、やっと入ったんだし」

「だったら来年、受かればいい。急がなくていいんだよ。それまでは、こうして部屋にずっと閉じこめておいてあげるから、好きなだけ勉強が出来るだろ」

「それって……」

「誰かに攫《さら》われたら大変だ。ペットの盗難も最近は多いからな。特に可愛いのは、すぐに狙われる」

「ペットだったらね……」

ペットじゃないと言いたいけれど、彩都が満流をペット扱いすることで楽しんでいるのは事実なのだ。毎日、真面目に職務に取り組んでいるせいで、反動なのだろうか。恋人にこんな恰好をさせたがるのは、おかしな趣味としか言いようがない。

「どうした？　運動不足かな。だったら夜は、二人で走ろう……。疲れすぎない程度に、運動も必要だからな」

彩都は満流の体に腕を回して抱き寄せると、首筋をいきなり舐め始めた。

「仕事中でしょ？」

「三時まで休憩だ……」

「……だからって……」

彩都が満流を押し倒す気でいるのが、すぐに分かってしまった。息が荒くなっていて、舌先がねっとりと満流を味わい始めている。

「私が怠けていると怒る前に、何か原因はないかと考えてみてください」

犬の十戒の一節を、満流は呟く。

「環境が悪いのかもしれません。あれをやり過ぎて、疲れているのかもしれません。または、まだ若すぎて、とてもあなたの思考回路についていけないのかもしれません」

本当は食事が合わないのかもしれない、暑いのかもしれない、または老いているのかもしれないとなるところを、満流はわざと自分のことに置き換えてみた。

「僕はミツルを信頼しているよ。怠けているなんて思っていない。だけど、世の中は誘惑だらけだ。するべきことがある時には、こういった環境に置かれるのも必要なことだ」

どう言っても、彩都に聞く耳はないらしい。そこで満流は、犬の耳の付いたカチューシャを、彩都の頭に付けてやった。

「俺の心の声が聞こえる？」

すると彩都は即座に外し、満流の頭にまた付け直す。

「犬の聴覚は優れているが、それよりもっと優れているのは、相手の心を読み取る力があることだ。ミツル、今の僕の気持ちは？」

「三時まで……ベッドでいちゃいちゃしたいんでしょ」

「凄いな。さすがだっ」

そんなことは、興奮したものをさりげなく押しつけられていればすぐに分かる。

これさえなければ、尊敬に値するドクターなのだがと、満流は大きくため息を吐く。そうしながらも、自ら進んでベッドに這い上がった。

「先生、いっそ獣医になんてならなくていいから、ずっとペットのままでいようか。そのほうがいいんじゃないの？」

実力模擬試験問題集

「僕がそんないい加減な人間だと思われているんなら、がっかりだな。いいかい、ミツル。こういうことをするのは楽しいけれど、それだけでは君はいずれ満足しなくなる」

「そうかな」

「そうさ。人間には向上心がある。ミツルは僕の働く姿を見ていて、少しは尊敬の気持ちを抱いてくれたんだろ？」

それは事実なので、満流は頷く。そうしている間にも、彩都は素早く白衣を脱ぎ捨て、下に着ていたシャツのボタンも外し始めていた。

「ペットのままでいたら、満流はもっと尊敬出来る相手が欲しくなるかもしれない。お金があって、包容力があって」

「そんなこと……今、言われても分からないよ」

「ただ可愛がられる関係にも、いずれ不満を抱くようになるんだ。だけど、それは次のステップに向かうには必要なことさ」

そんな贅沢《ぜいたく》な不満なんて、抱くことがあるのだろうか。ずっと彩都のペットでいようと思えば、あり得ないように思える。

「いつかはミツルと対等な関係になりたいんだよ。恋人同士、パートナーって言葉に憧れる。だけど今のミツルには、やはりペットが相応しい」

「そんなふうになれるまで、うんと時間が掛かりそう。俺、ガキっぽいし」

二人の間にあるのは、年齢という差だけではない。学んできたことや様々な経験、人間関係の豊かさなどから、差がありすぎる。彩都と対等になるには、満流がもっと大人にならないといけないのだ。

「僕は急がないって言ってるだろ。ミツルが本当の大人になるまで、何年でも待つ。その間は、こうして僕のペットでいればいいじゃないか」

「んっ……うん……」

　すべて脱ぎ捨てた彩都は、ベッドに横たわる満流の体に、優しく唇を這わせ始めた。

　彩都は、誰とでもこんなふうに優しいセックスをするのだろうか。彩都はその外見や雰囲気に相応しい、ソフトなセックスをする。そのためか満流は抵抗なく、彩都との関係を続けられたが、これまで付き合っていた相手にも同じようにしてきたのか気になる。

　ついに過去に嫉妬するようになったのかと、満流は慌ててその考えを頭から追い出した。

「本当にこんな俺でも、獣医になれると思う？」

「なれるさ。将来は、二人でここを盛り上げていこう。打算で言っているんじゃないよ。そうなればミツルは、また違った目で僕を見るようになり、もうこの二人の関係に悩むこともなくなるんだから」

「先生は躾けるのが上手いよな。そうやって言われると、そんな気になってくるから不思議なんだ」

「そう、それでいい。確かに、こんな恰好ばかりさせるのは、変な趣味だと思うだろうが、こればかりはしょうがないんだ。だって、ミツル、可愛いじゃないか。だから、しばらくは僕のペットでいてくれ」

犬の恰好をしていれば、誰でも可愛く思えるんじゃないかと、満流は意地悪く考える。けれど彩都がそういう趣味になったのは、きっと何か理由があるのだ。

「何で犬の恰好させたがるの？」

「……何でかな」

そこで彩都は言葉を濁した。

「普通のセックスは出来ないの？」

「普通にセックスしてるつもりだが」

「……そっか……これって普通なのか」

コスプレといっても、首輪とカチューシャだけでは、裸と同じということなのだろう。そうなのかもしれないが、何かが違うような気がする。

だが何がどう違うのか、そこがはっきりしない。

「よし、それじゃ、ミツル。首輪も外そう。耳も付けなくていい。そのままの姿で……それなら普通だろ」

「ずっと裸になってるんだから、あんまり変わらないんだけど」

満流は苦笑しながら、首輪を外す。

そこで満流は、やっと重要なことに気がついた。

「……そういえば、やってるときに先生の顔、見たことない」

「んっ……？」

「セックスでも、犬と同じじゃないと駄目なの？」

「そんなことはないさ。あのスタイルのほうが、ミツルにとって負担が少ないからしているだけで」

何だか彩都の様子がおかしい。焦っているように感じられる。いつだって隙のない彩都にしては、とても珍しい反応だ。

「いやなら別にいいんだ。だけど……見つめ合って、抱き合ってみたいよね」

じーっと上目遣いで見つめるのは、ドルから習った必殺おねだり攻撃だ。すると彩都は、一瞬でれっと眦《まなじり》を下げて笑うと、決意を固めたようにはっきりと言った。

「よし、今日は、ミツル、バックからじゃない、正常位で挑もう」

セックスまでワンワンスタイルばかりだったから、満流は彩都がいく瞬間の顔を見たことがないのだ。

満流の体のことを心配してくれていたのかもしれないが、楽しみたい彩都にしては毎回同じ体位というのはおかしなことだ。

「何だか、急に恥ずかしくなってきたな。部屋、暗くしようか」

彩都はベッドサイドのスイッチを押し、カーテンを閉め始めた。だがこんなことをしたら、下にいるスタッフに、二人が何をしているか丸分かりになってしまう。

「暗くしなくていいよ。何で？　まさか先生、見られるのが嫌だとか？」

「んっ……そ、そんなことはないさ」

あんなに慣れた感じでセックスするくせに、彩都にも弱点はあったらしい。

それに気がついて、満流はおかしくてたまらなくなってきた。

「俺は、先生がどんな顔しようと、何をしようと、いつも同じ気持ちだよ」

どんなみっともない姿を見せたって、犬は飼い主に失望したりはしない。それは学ぶべきことだ。

ありのままの相手を愛せてこそ、本物の愛だと満流は考える。

「別に、おかしな顔なんてしないさ。ただ、その……」

「何？」

そんなふうに言われると、つい気になってしまう。その答えを教えるためか、彩都は満流の上に覆い被さり、優しい愛撫から始めた。

どこといって変わったところはない。いつものように満流の体に舌を這わせ、興奮を導きながら、自らのものを彩都は手にしている。

そして興奮したものを唾液で湿し、満流の中に入ってこようとしたが、その瞬間、彩都の口はワンッと動いたように満流には見えた。

「えっ……？」

けれど次の瞬間、唇が重なり、もう何を言おうとしていたのか分からなくなってしまった。もう一度確かめたくて、満流はわざと唇をずらそうとする。けれど彩都はそうさせまいとして、唇を重ねたまま満流の中に入ってきた。

キスしたままの状態で、いつまで続けられるのだろう。最後の瞬間、彩都は唇を離し、さっきのように何かを呟くのだろうか。

「んっ……んんん……」

じんわりと快感が押し寄せてくると、満流はもうどうでもよくなってきた。目は自然と閉じていき、入り口部分の刺激と、彩都の手による性器の刺激で、全身から力が抜けていく。

彩都に言わせると、満流は覚えがいいらしい。そう言われればそうなのかもしれない。一週間の間に、何の抵抗もなく彩都を受け入れることが出来るようになっていた。

けれど今日はいつもと違う。腰を高く上げないと、すんなり彩都のものを受け入れることは出来ない。

慣れない姿勢と、目の前に彩都の顔があるのだ。目を開けたら、羞恥心から快感がどこかにすっとんでいきそうだ。

だから怖くて目を開けられない。

「うっ……うう……」

彩都が快感の呻き声を上げ始める。

「駄目だ……ミツル……に知られたら」

「んっ？」

「ああ……だけど、こんな可愛い顔を見ていたら、我慢なんて出来ないだろ？　うっ、うう」

変だ。彩都が唸っている。こんなこと初めてで、満流は思わず目を開いてしまった。

キスで誤魔化すには、もうお互いの顔の距離が離れてしまっている。彩都の苦しそうな表情が見えてしまい、満流の気は削がれた。

「先生……」

「ミツル、笑わないでくれ。うっ……うう、ワ、ワンッ！」

そこで彩都は、満流の肩に口を押し当てたかと思うと、甘く噛み始めた。

「えっ！」

痛みと驚きで、満流は固まる。

「ああ、おいしいよ、満流……んっ、ワウッ」

変な声を出しながら、彩都はまるでドルがガジガジ甘噛みするように、満流の体を噛み始めた。

「痛いか？」

「ううん……い、痛くはないけど」

「へ、変な癖で……すまない」

「いいよ、いいから……おかしくないよ」

満流に知られて困惑している彩都の様子を見ると、胸がきゅっと痛んだ。

こんな癖を隠そうとしていたら、彩都はいつまで経っても心から楽しめないだろう。彩都には満流の存在があることで、もっと喜んで貰いたい。そのために満流が出来ることといったら、もっと彩都の心を解放してあげることだ。

「好きにしていいから……やりたいように、やって……いいから」

「本当にいいのか？　そんなに甘やかすと、遠慮しないよ」

「これまで遠慮してたの？」

彩都は困ったように微笑む。

きっと満流に噛みつきたい欲望も、犬のように叫びたい気持ちも、すべて押し殺し、初心者の満流に合わせせた穏やかなセックスをしていたのだ。

「引かれて、逃げられたら嫌だからね」

ドアに鍵まで掛けているくせに、まだ逃げられることなんて心配しているのだろうか。それくらい以前に失った恋人のことが、トラウマになっているのかもしれない。

「こんなことで逃げないよ」

「どんなことでも、逃げて欲しくはないな」

彩都は自分の楽しみを保留にして、再び満流の体に舌を這わせ始める。その舌使いは巧みで、満流の興奮は高まっていった。

「あっ……」

「ミツルももっと、好きなように叫ぶといいんだ」

「んっ……んん」

ＡＶなどでは派手に叫んでいるけれど、自分がやるとなったらそうはいかない。演出するものではなくて、自然と発せられるものではないのか。

「ううっ、うう……」

彩都は低く呻きながら、満流の体を噛み続ける。

「あっ……」

狼男《おおかみおとこ》に食べられているかのようで、満流もまた違った意味で興奮してきた。

「あんっ……あっ」

自分でも思ってもいなかった声が出てしまい慌てたが、彩都はもうそんなことも気にしていられない状態らしい。

獲物を囓る狼のようになって、満流を堪能している。

ドルは一人で犬用ガムを囓り始めた。こうして二人がひっついている間は、絶対に自分とは遊んでくれないと、すでに嫌と言うほど学習していた。

ガジガジとガムを囓っていたドルは、ふっと顔を上げて二人の様子を見ている。

微《かす》かにだけれど、ワンッという鳴き声が、聞こえたような気がしたからだ。けれどそれも満流の上げる声が、すぐにかき消してしまった。

多少おかしな癖があったって、それで彩都の価値が変わることはない。満流はそう確信していた。

休日の日曜日、彩都は出掛ける準備をしている。留守番なのかと思ったら、満流に優しくお願いをしてきた。

「今日は、昼間はボランティアなんだ。決して楽しい仕事じゃないけど、一緒に来る？」

「行くよ。一人で家にいたってつまらないし……先生が休みに何してるのか、知りたいし」

先週の休みは、一日、二人でいちゃいちゃして終わってしまった。付き合ったばかりなんてそんなものらしいが、さすがに彩都も毎週それればかりではいられないのだろう。

「汚れてもいい格好にしなさい。その代わり、夜は素敵なところに連れて行くから」

「へぇーっ、どんなところ？」

有名なレストランだろうか、それとも洒落たバー、眺めのいいホテルの部屋など想像して、満流の頬は赤くなる。

そういった場所で大人のデートをするのは、満流にとって憧れだった。けれど男同士で行くというのはどうなのだろう。やはり注目されてしまうだろうか。

「どんなところか知りたいな」

「楽しみにしていればいいよ」

教えてくれないと、余計に期待してしまう。だが、楽しみは夜まで待っていろということなのか、彩都はそれ以上何も教えてくれなかった。

いつも洒落た服を着ている彩都が、山歩きでもするような格好をしている。下は撥水加工のしてあるパンツで、上にはナイロンパーカーを着込んでいた。

「俺も先生と同じような格好がいいの？」

「そうだな。濡れてもいい格好がいいね」

ボランティアの意味が分からない。どんなことをさせられるのだろうと思いつつ、満流も濡れていいような格好をした。

ドアに『アヤト・アニマルクリニック』と描かれたワゴン車に乗り込む。往診にも使う車の中は、まるで動物用救急車のようだ。薬品や治療用具などもたくさん積まれている。

それを見たら、これから行く先が何となく想像出来た。

「お金にならない往診？」

車が走り出すと、思わず訊いてしまった。

「そうだよ。無料奉仕、薬品なんかはすべて持ち出しだ」

「そういうこと出来る先生、尊敬する」

「いや、現場に行けば、何かしたい気持ちに誰でもなるよ。それに僕は、動物達のおかげで、こんな豊かな生活が出来るんだから、感謝を何かの形で表さないとね」

「感謝か」

　こんな真面目な彩都は好きだ。たとえセックスの最中、噛んだり、吠えたりしても、そんなことは気にならなくなるくらい、満流は素直に彩都を尊敬出来る。

　車は都心を離れ、郊外に向かっていた。そんなドライブだけでも、満流にとっては楽しい。

「ドルも連れてきてやればよかったかな？」

「そうしたいところだけど、病気の犬もいるからね。まだ成犬になっていないドルには、あまり相応しくない場所だよ」

「そっかぁ……」

　ペットホテルには、常時スタッフが待機している。だから留守番させるのも、それほど苦ではなかった。

　姉の家で飼われるより、ドルにとってはここでの生活のほうがずっとよかっただろう。いつもペットのプロが世話してくれ、しかも誰もが愛情を持って接してくれるのだ。

　同じように飼われる身分でも、ドルはかなり恵まれていると言える。けれどそうなったのも、すべてが偶然の積み重ねだ。

　もし姉がカレシと上手くいっていて、別れることがなかったら、そのまま無知な飼い主の元で、愚かなペットになっていただろう。

　満流が彩都のアニマルクリニックを選ばなかったら、やはり愚かなペットのままだった筈だ。

そして彩都に恋人がいて、たとえ満流が好みのタイプだったとしても、そういった関係にならなかったとしたらどうだろう。満流は彩都に教えられたことを上手く実践出来ず、ドルの躾に失敗して、毎日いらいらしていた筈だ。

「運命か……」

思わず呟くと、彩都は応えてくれた。

「そうなんだよ。恋人もペットも、ある日、突然、どういうわけか目の前に現れるんだ。それまでは全く別々に生きていて、何の接点もなかったのに、おかしいよね。運命だとしか、説明のしようがないだろ」

何て素晴らしい運に恵まれたんだと思ったが、この幸運がいつまで続くかは、満流の努力に掛かってくるのだ。

「ペットはいいよなぁ。たいして努力しなくても、飼い主って盲目的に可愛がるから」

「すべての飼い主が、そうとは限らないだろ」

「そうだった」

「僕は、盲目派だけどね」

運転しながら、彩都の手は自然に伸びてきて、満流の太股《ふともも》をさすってきた。

「危ないよ、運転に集中して」

「んんっ……ボランティアさぼって、家でまったりしていたかったな」

「先週は、そうしたんだから、今週はちゃんとやるべきだよ」

年下で、彩都の家で養われている身なのに、何を偉そうにと思ったが、彩都はそれで不快に思った様子はなかった。

「ミツルは真面目で、責任感もある。獣医に向いているよ」

「そうかな」

乗せられてそのまま獣医の勉強を開始したけれど、本当は自信なんて欠片もない。何しろペットを飼った経験はなく、ドルが初めてのペットだ。

むしろ自分が、彩都のペットになっている。けれどペットになるのも初めての経験で、果たしてペットとして優秀なのかも分からない。

飼い主としての彩都は、申し分ないだろう。満流に衣食住、何の不自由も感じさせず、可愛がってくれている。

彩都に見合うペットなのか、ここでもやはり満流に自信はなかった。

「俺はいいペット？」

思わず質問してしまったが、そんなことを訊くペットなんていないだろう。なのに彩都は、そんな問いかけにもすぐに応えてくれる。

「ああ、最高のペットだよ」

「どういう意味で最高なの？」

「素直に愛情を受け止めてくれる。飼い主の愛を疑うペットはいないだろ？」

「そうか……」

今は疑わなくても、いずれ疑わないといけない事態になるかもしれない。先のことまで考えずに過ごすべきだろうが、愛されることに慣れていない満流にとって、不安を消すのは難しい。

いつ彩都が、他の男に目を向けるか分からないのだ。ペットを飼った経験がないから、愛情が冷めるものかどうか知らないけれど、飽きたおもちゃを放置する感覚なら分かる。

『ひろってください』と書かれた大きな箱の中に入れられて、道端に放置されている姿を想像した。

年上の女に拾われたのはいいが、連れて行かれた先では満足に食事も与えられず、気に入らないことがあるとびしびしと打たれ、連日こき使われている姿を想像してしまった。いつの間にかその女の姿が姉になっていて、満流はぶるっと体を震わせる。

いや、そんなのに拾われるより、中年のおじさんのほうが誠実そうだからいいと思った。だがおじさんは、一日一回の義務としての散歩と、毎回同じ量の餌を与えるだけで、たまに思い出したように頭を撫でてくれるだけだ。

おじさんの姿が父と重なって、満流はまたもやぶるっと体を震わせる。

「寒いの？　トイレに行きたいのかな？」

そんな満流の様子を見て、彩都は心配そうに訊いてきた。

「ううん……何でもない」

恐ろしい想像をしてしまって、寒気がしたなんて言えない。

「もうすぐ着くから、ほらっ、あそこだよ」

『ドッグランとペットホテル』と書かれた、大きな看板が見えてきた。車を乗り入れると、ワンワンと激しい犬の吠え声で大合唱が始まった。

汚れていいような格好をしているスタッフが、二人を笑顔で出迎える。

「彩都先生、無理言って申し訳ありません」

髪が短く、背が高くて体格のいい男が、彩都に手を差しだし握手している。親しそうだがどういう関係なんだろうと注目していたら、気付いたのか男はちらちらと満流を見てきた。

「彼、若水満流君。まだ犬に慣れてないので、雑用に回してくれない？」

「いいですけど……やれるかな？」

何をやらされるのか知らないが、やる前から出来ないと思われるとむかつく。満流の思っていたことを感じたのか、男は笑顔で満流にも手を差し伸べてきた。

「高橋《たかはし》です。この救援センターの主催者で、ペットホテルをやってます」

「どうも……若水です」

満流はおどおどと手を差し出す。すると強く握り返された。

何だか大型犬のような雰囲気の男だ。

「大きな犬は、苦手かもしれません」

高橋を見ていたら、思わずそんな言葉が出てきてしまった。

「保護されたのは、大型犬じゃないんだろ？」

満流の不安を感じたのか、彩都が訊いてくれた。

「はい、今回のは、小型犬ばかりで。どうやらブリーダーが放棄したみたいです。ケージに何頭も押し込められた状態で、河原に放置されてました」

二人の会話を聞いただけで、事態は呑み込めた。つまり捨てられていた犬を、助けたということなのだろう。

「ミツル、ショックを受けるかもしれないけど……これも現実だから」

彩都は満流のことを心配して、見られるのも構わずに手を繋いでくる。恥ずかしかったけれど、プレハブの建物の中に入った途端、そんな恥ずかしさは吹っ飛んで彩都の手をぎゅっと握っていた。

「えっ……」

薄汚れたボロモップのようなものが、二つのケージの中で蠢《うごめ》いている。その数、二十はいるだろうか。異臭がするほど汚れていて、弱っているのか鳴き声もか細かった。

「これって……」

「ドルと同じプードルだよ。人気犬種だからね、これで儲けようとしたんだろうけど、どうやら上手くいかなかったみたいだな」

「これがドルと同じ？」

同じ筈がない。ドルはいつだっていい匂いがしていて、元気いっぱいで愛らしい。この薄汚れた犬達に同じところがあるとしたら、人に向けられる無心な瞳くらいだろう。

「落ち込むことはないよ。体を綺麗にして、病気を治してあげれば、引き取り手はいずれ見つかるから。ミツル、さ、まずは犬達を洗うことから始めよう。慣れたスタッフがいるからサポートに回って」

「は……はい」

彩都は慣れた様子で、ケージの中から一番弱っていそうな犬を選び出す。そして汚れたままなのも構わずに、聴診器を当てて診察を開始した。

トリミングのための浴槽に湯が張られ、最初の一頭がシャンプーを開始する。その体には排泄物がこびりついていて、落とすのも大変だった。

洗われている間、犬は悲しげに鳴いている。その様子を見ていたら、突然、満流の目から涙が溢れてきた。

「彩都さん、彼、泣いてるけど」

満流の様子に気付いた高橋が、心配そうに言ってくれる。

「最初はショックだからね。ミツル、泣いていてもいいけど、拭き上げ手伝いなさい。二十頭はいるから、全部洗うのは大変なんだ」

「は、はい」

思わず返事をしたけれど、満流の涙は止まらない。

「全頭、血液検査をして、病気の犬は病院に連れて帰る。元気な犬は、そのまま一時預かりのボランティアが、家に連れて帰るんだよ」

満流を慰めるためか、彩都は診察して血液を採取した犬に、番号のタグを付けながら言ってくる。

「ブリーダーの放置犬は、ドルみたいに最初から普通の家で飼われている犬とは違うからね。警戒心が強かったり、感情の起伏が乏しかったりするんだ」

言われてみれば、どの犬もぼんやりしているように思える。シャンプーとなったら、大騒ぎして逃げ回るドルとは正反対だ。

「それも、愛情のある飼い主の元に行けば、すぐに矯正される」

「飼い主がいないと、どうなるんだろ」

「殺処分だよ。残念だけど……すべての命は救えないんだ」

またもや涙が、どっと溢れてきた。

ここに来てから、泣くことを思い出したようだ。泣くほど感情を揺すぶられたことなんて、ここ何年もなかった気がする。

「ミツル、これもまたペット産業を取り巻く現実だよ。どう？　やりがいのある仕事だと思わないか」

そうだ、自分が獣医になれば、こうやって彩都のように不幸な動物達を助けるために働ける。そう思うと、何でもいいやと思っていたことが大きく変わった。

「先生、俺、頑張るよ」

彩都はきっと満流がそう決意すると、最初から読んでいただろう。

単純な満流の思考回路なんて、彩都にはとうにお見通しなのだ。内心では、上手くやったと思っているのかもしれないが、相変わらず穏やかな表情のまま、彩都は作業を続けている。

満流は涙を拭い、やっと綺麗になった犬を、バスタオルで拭《ぬぐ》い始めた。犬は見知らぬ満流に対して、威嚇するでなく、大人しくされるままになっている。

その姿は、どうか助けてくださいと、無言で訴えかけているように感じられた。

「助けてあげるからね、安心していいよ」

初めて犬に触れてから一カ月も経っていないのに、満流の手は自然と犬にとって心地よい動きになっていく。

少しは成長した印だろうか。

帰りは車の中に、入院治療の必要な四頭の犬を同伴していた。犬達を連れ帰ったから、もう夜に出掛けるのは無理かと思ったら、彩都はすぐに風呂に入るように言ってきた。

「汚れ仕事を手伝わせたね。嫌がらずによくやった。嬉しかったよ」

褒められると嬉しくなる。満流の思考回路は、いつでも単純明快だ。

「犬達はいいの？」

心配になって訊ねると、彩都はそれだけで相好を崩した。

「思ったとおりだ。ミツルは自分の楽しみよりも、真っ先に動物のことを心配する。その優しさが大切なんだ」

満流をハグしようとして、彩都は思い止まる。二人とも、汚れた犬達を世話したのでどろどろだった。

「休日出勤のスタッフがいるから、何も心配することはないんだよ。夜は……楽しもう」

どこに連れて行くとは、はっきり言わない。けれど彩都が、とても楽しみにしているのは分かった。

急いでバスルームに入り、全身を綺麗に洗った。彩都の使っているアメニティがいい香りだったので、どうにかまとわりついた嫌な臭いを消すことが出来た。

「何、着ていったらいいのかな。ドレスコードとか、あるところに行くんだろうか」

クロゼットを開き、ずらっと並んだ服を見る。そして不思議な気持ちになった。

満流が側にいないのに、彩都はどんな思いでこれらの服を買ったのだろう。

最近ではペットに服を着せるのは普通のことだ。飼い主はペットショップやネットの通販で、楽しそうにペットのための服を選んで購入しているらしい。

彩都もそんなノリで、満流のためにこれらの服を選んでいたのではないだろうか。

「服に負けそうな気がする。いっそ裸で行こうか……なーんてね」

いつも裸でいたから、外見に配慮することを忘れるところだった。そこで慌てて鏡の前に行くと、髪型とか顔とかを、これまでになく真剣に観察してみた。

気のせいだろうか。以前よりもいい男になってきたような気がする。

「そうか……セックスって、しないよりしたほうがいいっていうのは、本当なのかもしれないな。どう？　いい感じになってないか？」

肌も艶々しているし、体も以前より引き締まっているようだ。毎晩、彩都と一緒に走っているが、それもまたいいのかもしれない。

「こういうの、似合うかな」

以前だったら、着たくても気後れしてしまいそうなデザインのシャツを、あえて手にしてみた。そして袖を通すと、自分の背後に光が溢れたような気がしてくる。

背中に羽を付けたドルが、鏡の中の自分をうっとり見つめる満流の周りを、ふわふわ飛んでいる。

と、思ったら、現実のドルがクンクンと満流の足の匂いを嗅いでいた。

「ごめんよ、また出掛けるんだ。いい子で留守番してて」

満流がパンツを穿《は》こうとしたら、ドルはウーウー唸って、パンツの裾に噛みついている。最初はバカだと思っていたが、飼い方がよくなったせいか、ドルは本来の頭の良さを発揮し始めたようだ。

いつも裸で家の中でまったりしている満流が、服を着てそわそわし始めたら、出掛けるサインだと覚えたのだ。

そして満流と彩都だけで出掛けることに対して、こうやって抵抗を示すようになってきた。

「しょうがないだろ。ペットを連れて行ける処《ところ》じゃないんだから」

ドルにそう説明しているものの、満流にもどこに行くのか分かっていないのだが、そこは飼い主らしく、威厳を持って接しなければいけない。

けれどどんなに満流が威厳を示しても、ドルにとってボスはやはり彩都だ。満流のことは、自分より体が大きいだけの仲間程度にしか認識していないのかもしれない。

「やめろよ、こらっ。明日、遊んであげるから」

そうは言っても、犬には明日の感覚なんて分からないのだ。今日というより、今しかないのが犬なのだから。

「ドル相手に、本気になったら俺がバカみたいじゃないか。離せ、こらっ、離せってば」

買って貰ったばかりのパンツを破くわけにはいかない。満流は仕方なく、そのパンツを諦めた。そして別のを手にしようとしたら、またもやドルに狙われる。

こうなったらドルを捕まえて、ケージに戻すしかなかった。ところが捕まえようとすると、今度はそれを追いかけっことでも思ったのか、ドルは部屋中を駆け回り始めた。

「おい、自分が恵まれてるってこと、忘れてないか。いや、知らないだろ」

ボクサーブリーフと、上にシャツを羽織っただけの姿で、ドルと追いかけっこをしている。そんな満流自身が、とても幸せなのだ。

「いいか、ドル。おまえと同じトイプードルでも、今日拾われた子達は、とっても可哀相なんだぞ。ほとんど外に出たこともなくて、狭いケージの中にずっと閉じこめられていたんだからな。そうやって、走り回れるだけでも幸せだと思え」

姉がカレシの気を惹《ひ》くために、犬を飼おうなんて思いつかなかったら、ドルにはまた別の犬生があった筈だ。それがどれだけ幸せなものかは、誰にも分からない。

「こらっ、逃げるなって」

そこに彩都が入ってきた。するとドルは、もう追いかけっこをしていたことなんて忘れて、前足を上げて可愛く彩都にすり寄っていく。

彩都はすっと腰を屈《かが》めると、苦もなくドルを抱き上げていた。

「あっ……これだよ。俺、飼い主の立場ないじゃん」

「犬を落ち着かせようと思ったら、自分が興奮したら駄目だよ」

「……ん、うん」

「まず、自分が平常心でいること」

動物を興奮させないためにも、彩都はいつも穏やかな雰囲気を保っているのだろうか。あんなに興奮していたのに、彩都がいるだけでドルは大人しくなってしまうのだ。

「着替えようとしたら、いきなり遊びだしちゃって」

「僕らが出掛けるというのが、雰囲気で分かったんだろう。だけど毎回こういうことが続くようになるといけないからね。出掛ける時には、そーっと支度して、隣の部屋にでも行くかのように出て行くのがベストだよ」

そうは言われても、満流はただ着替えたかっただけだ。

「着替えに迷ってただけなのになぁ……で、俺は何を着ていけばいいの？」

「そのままの格好でもいいよ」

彩都が珍しく、笑えない冗談を言っている。満流は引き攣った笑顔で応えた。

「じゃ、これで行こうかな」

「ミツルは今夜出掛けるのを、楽しみにしてくれてるんだね。それがドルにも伝わったんだ」

そこで素早く彩都はパンツを一本選び出し、ジャケットもそれに合わせたものを取りだした。

「ちょっとしたパーティなんだ」

「えっ、パーティ？」

満流にとっては、パーティという響きに馴染《なじ》みはない。何回か友達に誘われていったことはあるが、それと彩都の言うパーティとは、きっと異質のものなのだろう。

「こんな格好でいいの？　スーツとか着ていかなくていいのかな？」

「そういうパーティじゃない。ホームパーティだよ」

「あーあ、何だ、そうか」

「僕も行くのは久しぶりなんだ」

では、彩都の友人の家に招かれたということなのだろう。そこで満流は躊躇《ちゅうちょ》した。

「俺なんかを連れて行っていいの？」

「もちろんだよ、ミツルがいなければ行く意味がない」

「そ、そうか……」

そんなふうに言われると嬉しくなってしまう。満流はすぐに着替え、まるで興奮したドルのように、彩都の周りをぐるぐると回った。

「ね、俺、おかしくない？　先生の知り合いだったら、きっとセンスのいい人ばっかりだよね。俺、笑われないかな？」

「どこもおかしくないよ……むしろ、可愛すぎるくらいだ」

ドルをケージに入れると、彩都はそこでぎゅっと満流をハグしてくる。

こうやって抱きしめられるのは好きだ。こうされると安心出来る。

「満流はそのままで十分可愛い……。気を付けないと、他の誰かに目を付けられそうだ」

「そんなことはないって」

むしろ心配しなければいけないのは、彩都のほうだろう。パーティの参加者の中には、彩都を狙っている人間だっているかもしれない。

そうなったときには、思い切り牙を剝きだして、唸ってやろうかなと思った。そこで鼻に皺《しわ》を寄せ、低く唸って威嚇する練習をしてみたら、あまりにも犬らしくって、満流は自分でも驚いていた。

ホームパーティといっても、普通の家でやるのではなくて、結婚式なども行える豪華なレストランだった。満流のこれまでの生活からしてみたら、全くの別世界だ。

最初とおされた部屋では、テーブルの上に料理と飲み物が置かれていて、好きなように食べていいようになっていた。

「ここでパーティ？」

想像していたより狭い部屋だったので、満流は思わず訊いてしまった。

「いや、ここはウェイティングルームだよ。今のうちに、何か食べておくといい」

「それじゃ、遠慮しないでいただきます」

おいしそうなサンドイッチがある。チーズやハム、スティックサラダなど、軽く摘むのにいいようなものが並んでいた。

彩都は何も食べず、置かれていた白ワインを注いで飲んでいる。満流も飲みたかったが、まだ緊張しているので、とりあえずジンジャエールで喉を潤した。

「静かだね」

微かに音楽が流れている程度で、人声もしない。まだ参加者が集まっていないのかと、満流はそれとなく耳を澄ませる。

「ミツル、この後着替えがあるんだ」

彩都は手にしたバッグを、それとなく示した。

「何だ、やっぱりドレスコードとかあるんだ？」

「あるよ。しかも特製のね」

困ったように彩都が微笑んだので、嫌な予感というやつがしてきた。

「着替えたら、ミツル……その、話すのは禁止なんだ」

「えっ？」

そこにスタッフがやってきて、更衣室が空いたことを告げてきた。

ますます悪い予感がしてくる。彩都の手にしたバッグの中身を、先に確認しておくべきだったかもしれない。だが確認して無理だと思ったところで、満流はやはり彩都の命令には従ってしまうのだろう。

「ミツルにとっては、楽しくないパーティかもしれないね。だけど僕にとっては、最高のパーティなんだ」

彩都にそう言われると、満流は健気に何もかも受け入れてしまうのだ。

案内された更衣室には、誰かが付けているのだろうフレグランスの残り香が充満していた。嗅覚の優れた人間には、耐えられないよななどと思いつつ、満流はせっかく気に入っていた今夜のコーディネイトを、するすると崩していく。

命じられたわけでもないのに、自ら脱ぎだしたのだ。

そんな満流に、彩都はそっと小さな布きれを差し出す。

「えっ、ええっ、それっ？」

もはやビキニですらない。性器を隠すのがやっとの小さな布が前にあるだけだが、後ろにはしっかりと尻尾がぶら下がっていた。

「嫌な予感はしてたけど……これ？」

「そうなんだ。このドアを出たら、ミツルは僕の可愛い犬になる」

いや、元々、ペットなのだ。今更、どんな格好をさせられても驚かないつもりでいたが、さすがにこれを付けただけで人前に出るのは恥ずかしい。

「今夜は、自分達のペットを自慢し合うパーティなんだよ」

「そっか……前も参加してたってこと？」

そのときには、彩都の元から逃げ出した元ペットが、この尻尾を付けていたのだろうか。尻尾の付け根がどう見てもアヌスに差し込むように思えて、満流は不愉快だった。

「これはミツル用にって、用意したものだよ」

勘がいい彩都は、満流の様子に気がついて、すぐに教えてくれた。

「耳と足と、全部、今夜のために用意したんだ」

「……か、可愛いね」

いったい誰に作ってもらったのか知らないが、こんなものを嬉々《きき》として頼んでいる彩都の姿は、昼間の颯爽《さっそう》としたボランティア活動中の姿からは想像も出来ない。

「ペットといっても、みんな満流と同じだ。だからこのパーティには、独自のルールがある」

「ルール？」

「ルールその一、ペットは決して人の言葉を話してはいけない」

「一ってことは、まだたくさんルールがあるの？」

「あるよ。ルールその二、他の参加者のペットに対して、過度の接触は禁止」

つまり飼い主以外は、気安く触ってはいけないということらしい。それはとても有り難いルールに思えた。

「ルールその三、ペットとの性的接触は人前では禁止」

「人前じゃなければ、禁止されないってこと？」

そうなのだろう、彩都は不思議な笑みを浮かべる。

その顔を見た瞬間、満流はぶるっと体を震わせていた。

満流に嫌われたくなくて、彩都はこれまで自分の性癖を隠していたようだ。ごく普通のセックスで満足しているんだと思っていたが、どうやら違っているらしい。

そうでなければこんなパーティに、わざわざ満流のための衣装なんて用意して、参加することはないだろう。

「その他にも、録音、撮影の禁止、違法薬物は禁止なんて、まともなルールもあるけどね。まずは参加してみて、慣れることだよ」

こんなものに慣れたいと満流は思わないが、彩都にとっての楽しみとなったら、慣れなくても耐えなければいけないと思った。

彩都はそわそわした様子で、ふわふわした手袋と、同じようにふわふわの毛で出来た靴下を手にしている。

「これも付けて」

当然、耳も付けるのだろう。満流は覚悟を決めて、まずは尻尾のついたビキニより小さな布を穿いてみた。

「尻尾はちゃんと入れておかないと」

わくわくした様子で、彩都は満流の中に尻尾を挿入してしまう。そして丁寧に紐《ひも》をしっかり結びつけてくれたので、満流は異物感に思わず呻いた。

「うっ！」

「落ち着いて。興奮したら、すぐにばれちゃうだろ」

「あっ……」

新しい耳のカチューシャと、手袋と靴下を装着する間も、彩都は眦を下げて満流を見ている。興奮しているのは、彩都のほうではないかと思ったが、どうやら興奮は伝わるらしい。満流も何だか落ち着かない、もやもやした気分になっていた。

「こんな格好で、起《た》たせちゃったらどうしよう」

「着替えただけで興奮するなんて、とてもいい傾向だ。ますます、満流を連れて行くのが楽しみになってきた」

彩都にとっては嬉しいことでも、満流にとっては恥ずかしいことだ。ここは精神力で、何とか乗り切るしかない。

「それともう一つ、大切なルールだ。ここに来ている人達のプライベートについて、余計な好奇心は持たないこと。いいね」

返事をする代わりに、満流はこくこくと頷く。何だか、普通に喋《しゃべ》ってはいけないような雰囲気になってきてしまったのだ。

「歩くときは普通に歩いてもいいけど、出来れば犬らしく振る舞って欲しいな」

「う、うう」

そこで満流は、素直に四つん這いの姿勢になった。すぐに彩都は、そんな満流に首輪とハーネスを着ける。

「完璧だ。こんな完璧なペットは、僕にとっても初めてだよ」

「うう……」

比較出来るほど、そんなにたくさんのペットを飼った経験があるのだろうか。そこを突っ込みたい

ところだが、あえて満流は黙っていることにした。

もそもそと彩都に引かれながら隣室に移動した。するとそこには、満流には想像も付かない世界が広がっていた。

それぞれソファやチェアで寛いでいるのは、服を着ているから飼い主だろう。その足下に、ほとんどが裸に近いペットがいる。

「シュウ君、久しぶりだね」

入り口近くにいた銀髪の紳士が、親しげに声を掛けてくる。彼の足下には、黒の全身タイツに身を包んだ、グラマラスな美女が猫耳を着けて蹲《うずくま》っていた。

彩都とこんな関係になる前だったら、ほとんど裸に見えるそんな美女を前にして、興奮してしまうところだっただろう。

「お久しぶりです、ワクさん。ペットロスが堪《こた》えて、しばらく大人しくしていたんですけどね。可愛い子を見つけたんで」

そこで彩都は、さりげなく満流を前に出させた。すると興味を持ったのか、猫女が鼻を近づけてくる。

興奮して叫びそうになるのを堪えるために、満流は自ら暗示を掛けた。

（俺は犬なんだ。先生にとって大切なペット……犬はご主人様以外、何も見ない。ご主人様のこと以外は何も考えない。そういうもんだろ）

そうやって自分に言い聞かせながら、彩都の綺麗に磨かれたローファーの先ばかり見つめていた。

「うん、綺麗な牡《おす》だね。太ってもいないし、痩せてもいない。肌艶《はだつや》もいいし健康そうだ」

他の客のペットに触れてはいけないルールがあるというのに、ワクさんという初老の紳士はさりげなく満流に触れてくる。その様子からして、もしかしたらこの男は人間の医者なのかもしれないと満流は思った。

「あら、シュウ君。元気だった？」

今度は派手な服に身を包み、腕が折れそうなほどのブレスレットをした女性が声を掛けてくる。彼女の足下には、人間もブルドッグに挑戦出来るのかと思わせる、不細工な男がいた。

分からない世界だ。人間の姿でこのパーティに紛れ込んだら、満流などではもっと混乱していたかもしれない。

何かに雰囲気が似ていると思った。何かと思ったら、行ったことはないが、テレビで観た記憶がある猫カフェとか、ドッグカフェとかいうものに近いかもしれない。

彩都はさらに数人と、親しげに挨拶を交わしていた。

退社後に女装する男達。痛みを分け合うＳＭクラブ。中には赤ちゃんになって、おむつプレイなんてのもあるそうだから、この程度だったら実に平和的な変態と言うべきかもしれない。

飼い主というか、ご主人様達はいたって普通の会話をしている。最近建った複合レジャー施設の話題とか、ソーシャルネットワークの活用法なんて、どこのバーでも誰かが口にしているような話ばかりだ。

ご主人様達には、良質の酒やソフトドリンク、それに合わせた料理など好きに食べられるようにセットされていた。

けれどペット用には、お馴染みの銀色のボウルが用意されているだけだ。

さすがに満流は、ペットごっこに付き合うにしても、あんなボウルで犬のように水を飲むのは嫌だった。ところがブルドッグ男は、嬉々として水を飲んでいる。

もしかしたらここは、ご主人様達のためのサロンでもあるが、実は犬や猫になりたい人間のためのサロンなのかと満流は思い始めた。

そんなことを思いながら、それとなくペット達を観察していたが、ふと、大柄な犬に気がついて満流の口は大きく開いていた。

小柄で気の強そうな若い色男が、まるでバットマンスーツのような、黒革のボディスーツに身を包んだ男を伴っている。

顔まで隠れるようなスーツだったが、それでも少し覗いている目や口元から、満流にはその犬が昼間会った高橋にしか見えなかったのだ。

ねぇねぇ、あれ高橋さんじゃないと、彩都の袖を引いて訊きたい。けれどルールによって、ここにいる人間の私生活に関しては、口を突っ込んではいけないことになっている。

「シュウちゃん、災難だったな。カトリだろ？　あいつ、一度、絞めるか？」

色男は彩都に気がついて、にこやかに話し掛けてくる。

その腕にはいかにも高価そうな時計をしていて、靴は顔が映るほどに磨き込まれたイタリア製のブランド品だ。おそらくノーネクタイで着ているスーツも、有名ブランドのものだろう。

その言葉遣いや、どこか横柄な態度から、とてもヤバイ人種のような気がする。

「うん、もういいよ、縁がなかったんだと思うし、おかげで可愛いパピーを見つけられたから」

彩都はそんな危ない男に臆する様子もなく、いつものように穏やかに返事をしている。

「シュウちゃん好みだな、こいつは。何か芸でもするの？」

「いや、いたってノーマル。よく躾されていて、お行儀はいいよ」

「へぇー、当たりを引いたのか」

色男は遠慮せずに、満流の頭を本物の犬のように撫でてくる。

「カトリがよ、知り合いのダクションのパピーに手を出しやがって、まずいんだよ」

「まずいって……」

「まだ成犬になってないのに、勝手に飼い始めやがって、親元から捜索願いが出されちまったらしいぜ」

犬にお手をさせるように、色男は満流の前に手を広げて出してくる。満流は思わず、手袋をしたふわふわの手をそこに乗せてしまった。

すると色男は、にやっと笑ってお代わりを要求してくる。満流は素直に反対の手、いや、前足をそこに乗せた。

そんな様子をじっと窺《うかが》っている、黒革の男の視線に気がついて、満流は硬直する。

やはりあれはどう見ても高橋だ。昼間はスタッフにてきぱきと指示を与え、二十頭のプードルを助けていた、見かけはいかついが心優しい男だ。

こんなやばげな男と高橋は、どこでどう出会い、そして飼われる関係になったのだろう。

ドラマだ、ここには満流などの知らない、複雑なドラマをそれぞれが抱えている。

「カトリさん、最近は来ていないって聞いたから、今夜、来たんだけどね。そうか、そんなまずいことしてるのか」

「ああ、あそこのダクションはパピーの宝庫だからよ。カトリみたいなパピー好きには、たまらないんだろうけど、やっぱまずいもんはまずい。一度、絞めねえとな」

「あんまり手荒なことはしないほうがいいよ。ツカさんが恨まれたら」

「俺は恨まれることのプロだからよ」

犬や猫になりたがる人間より、満流にとってはこの男のほうがずっと不思議だ。色男で金もありそうなのに、どこか危険を好んでいそうな雰囲気がある。

「いいか……忠犬ってのは、誰にでも尻尾を振るようじゃ駄目なんだぞ」

色男のツカさんは、じっと満流の目を見つめ、ドスの利いた声で言ってきた。

「シュウちゃんは優しいからよ。つい甘やかすのも悪いが、頭のいい犬なら、後ろ足で砂掛けるような真似はすんな」

　そこではいとばかりに頷いたら、犬らしくなくなってしまう。だから満流は、俯くだけにしておいた。

　ツカさんが去ると、彩都はため息を漏らす。多分カトリという少年好きの男が、彩都の以前のペットを奪ってしまったのだろう。

　そのせいで彩都は、ここでも人気者なのに、訪れることすら出来なかったのだ。

　ご主人様達が程よく酔い始めた頃、あちこちで鳴き声が響き始めた。どうやら猫女が、誰かの猫男を誘ったらしい。それに腹を立てた他の猫男が、フーフーと本物の猫のように威嚇を始めたのだ。

　みんなよくやるなあと、満流は感心して見ている。

　けれどどこんなふうに完全に動物のふりをするなんて、普段の生活では絶対に出来ない。みんなそれなりに、成りきってストレスを発散させているのだ。

　生憎《あいにく》、満流には発散させたいストレスなどない。彩都は素晴らしい飼い主なので、今の牛活になんの不満もないのだ。

　スフィンクスのような姿勢でまったりしていたら、背後にいきなり熱い息を感じた。振り向くと高橋が、思わぬ近さにいた。

　高橋は低く唸っている。言葉が喋れるなら、どうしたんだよ、高橋さん。怒られるようなこと、今はしてないだろと言いそうだ。

確かに日中はミスしたり、とろかったりで迷惑を掛けただろう。だからといって、唸られるようなものだろうか。

それともツカさんがよしよしとしてくれたことに対して、ペットとして嫉妬しているのか。

高橋と喧嘩したら、盛大に負けるのは目に見えている。尻尾を動かせるなら、股の間に挟み込み、弱気な犬だと示したいところだ。

思わず彩都の足下にすり寄ると、やっと彩都は事態に気がついたらしい。自分が座っているソファの上に、満流を引き上げてくれた。

「駄目だよ。この子はパピーなんだ。このサロンにデビューしたばかりだしね。ドッグファイトがしたいなら、他の犬にして」

彩都が優しく諭しても、高橋はまだウーウー唸っていた。見ると股間も膨らんでいる。

もしかしたら興奮するような薬物を、何か飲んでいるのだろうか。そんなものを飲まずにここまで興奮出来たら、それはそれで凄いと思ってしまうが、日中の穏やかな高橋とのあまりのギャップに、満流は途惑うばかりだ。

「すまねぇな。最近、いろいろと忙しくてよ、構ってやれねえもんだから、こんなところでヒートしちまって。サブ、相手を間違えてっぞ」

戻ってきたツカさんは、そういうと思い切り高橋の腹を蹴り上げた。

いや、それはないだろうと、満流のほうが慌ててしまう。

「駄目だよ、ツカさん。ペットには優しくね」

彩都がすぐに、助けに入ったけれど、もしかしたらこの二人、いやご主人様とペットには、こういう危ない緊張感すらプレイなのかもしれない。

「おい、土佐丸《とさまる》が来たぞ。ファイトするなら、やっとやれって」

ツカさんの視線の先を追うと、プロレスラーのような大男が、土佐犬のマスクを被ってやってきた。ロックバンドでもないだろうに、首輪には鋲《びょう》が打たれていて、いかにも凶悪そうだ。

ところがその土佐犬もどきに、高橋はいきなり向かっていった。そして妙なドッグファイトが開始してしまった。

もういいから、お家に帰りたい。

それが満流の正直な感想だ。

いつも家で大切に飼われているペットは、きっとドッグカフェなどに行ったときに、獰猛《どうもり》な犬がいたらそれだけでびびるのだろう。

ドルだってそうだ。散歩中に友好的ではない犬に会うと、尻尾を下げて逃げまどう。

「おいで……少し休もう」

満流の気持ちをすぐに分かってくれる彩都が、またもや助けてくれた。満流はそのまま彩都に連れられて、奥の個室に連れて行かれた。

個室は内側から鍵が掛かるようになっていて、柔らかなソファが置かれているだけだ。サイドテーブルにおしぼりとミネラルウォーターが用意されているのは、そういうことをしてもいいと暗に示されているらしい。

「怖かっただろう？　なのにいい子にしてたね」

彩都は満流をまたもやソファに座らせ、優しく鼻の頭を舐めてくる。いや、そういうことは、満流がやるべきことだろうと、すぐに同じように真似してみせた。

「ミツルは信じられないくらいいい子だ。普通は、こんな処に連れてくると、キレられちゃうんだけどね」

「……」

その気持ちも分かる。あれで高橋が喧嘩を仕掛けてきたら、さすがに満流も人間の素顔を取り戻してしまっていただろう。

「みんなおかしいと思うだろ？　きっと僕らは、そのままの人間を愛せない、可哀相な人間なんだと思う」

満流を抱きしめ、優しくその背中をさすりながら、彩都は寂しげに呟く。

「そんな僕のところに、こんなに素直で可愛いミツルが来てくれた。ミツル……このままだと僕は、本気で愛してしまいそうだ」

彩都の囁きで、満流の胸はキュンと痛んだ。

何もかも恵まれているように見える彩都だけれど、これまで本当の恋人と呼べるような相手に巡り会えなかったのだ。

　確かにこの性癖に、黙ってついてこられる男はそういないだろう。

　俺なら、黙ってついていく。そう示したくて、満流は彩都の手を舐め、甘く嚙んでみせた。

「そんな可愛いことをすると……逆に意地悪したくなるじゃないか」

　そういうと彩都は、満流の尻尾の付け根部分に指を這わせてくる。ずっと異物が入ったままで、落ち着かない状態だったから、満流はそんなわずかな刺激ですぐに興奮してしまった。

「んっ……んん？」

　おかしい、何か様子が違う。何といきなり尻尾が、細かく震えだしたのだ。どうやら入っている部分が、スイッチを入れると振動するバイブになっていたらしい。

「うっ？　ううう」

　中でブルブルと震えているのが、どんどん激しくなってくる。それに合わせるかのように、満流のものは覆われていた布の中から、勢いよく顔を出していた。

「えっ、えええ、あっ、あ」

「感じやすいんだから……」

　そう言いながら彩都は、満流の乳首を指先で弄り始める。

「あっ、そんな」

「こら、ルールに従いなさい。ここでは、犬語オンリーだよ」

「キュキューン！」

変な声が思わず出てしまった。もうそこが異様に痺《しび》れてきて、さらにもっと別のものを欲しがり始めている。

「うー、ううう」

「どうしてこんな人間になったのか、僕にも実はよく分かってないんだ。確かなことは、ただ一つ。本当の愛が、欲しいだけさ」

本当の愛を得るのに、バイブの力がいるのだろうか。興奮してしまっては、もう彩都の言葉を胸に刻む余裕もない。

「んっ……うう」

「お預けだよ、ミツル。待てだ……」

そう言いながら彩都は、すでに興奮している自分の性器を、パンツをずらして満流に見せた。

「欲しい？」

「うっ、ううう」

「じゃあまず、お手をしてごらん」

ふかふかした手を、満流は彩都の手に乗せる。すると彩都は、今度はお代わりを請求してきた。すぐに満流は素早く反対の手を差し出す。

「犬って我慢強いんだよね」

そう言って、彩都は自分の性器をそれとなく満流の顔に近づけてきた。

「お舐め。犬らしく……」

「……」

これまではいつも彩都がしてくれていて、満流にはしたことがない。途惑っていたら、少し強い口調で命じられた。

「舐めるんだ。犬らしく……」

「く、クウーッ」

それをしないと、最終段階までやってくれないつもりらしい。手が自由なら、自分で何とか処理してしまえるだろうが、何しろふわふわだ。偽物の肉球と、合成繊維の偽物ファーに邪魔されて、そう簡単に自分をいかせることも出来そうにない。

「う、ううう」

ともかくチャレンジするしかなさそうだ。そこで満流は、勇気を出して彩都のものを舐め始めた。

「んっ……んん」

やってみると、思っていたより難しくはない。頭の中では、棒状のアイスキャンディーを舐めているイメージが浮かんでいた。

いつも彩都がどんなことをしてくれているのか、必死に思い出そうと焦る。そうしているうちに、そういえば吸い込まれたんだと思い出した。

試しに強く吸ってみる。すると満流の口腔内《こうこうない》に、不思議な快感が生まれた。

「んふっ……」

まさか口の中にも、何かを感じる部分があるなんて知らなかった。それとも吸い込んでいるものが特別だから、特別に感じるのだろうか。

そうなのかもしれない。そうでなければ、日常の食事の最中にだって、勝手に発情してしまいそうだった。

「上手いじゃないか。何をやらせても覚えが早い。頭のいい子は、飼いやすいな」

彩都は全身の力を抜いて、満流の髪を撫でながらぼんやりしている。満流は彩都がリラックスしているのを感じて嬉しくなった。

けれど喜んでばかりもいられない。そろそろ自分のほうも、かなりまずい状態になってきた。パンパンに膨らんだ性器は痛いほどだ。なのにブルブルとした振動は、止まずに満流を苦しめる。

「あっ、あうっ」

思わず口を開いて、声を漏らす。わざとやっているわけでもないのに、その声は犬のようだった。

「く、くううー、あ、あううう」

「限界みたいだね。それじゃ、いい子だったから、ご褒美をあげようね」

彩都は満流を床に這い蹲らせると、先端がバイブに加工された尻尾を抜いてくれた。それだけの刺激で、満流のものの先端はぬるぬるになってしまう。

そして彩都のものが入ってきて、ほんの数分も経たないうちに、満流はあえなく射精してしまった。

「あっ……」

「しょうがないな、そんなにがっついて。もう一度……だけだよ」

そう囁くと、彩都は巧みに攻めてくる。すると一度は空になったその部分に、またもや血液が集まってきて、勢いよくぶるんと起たせてしまった。

「この部屋は、人気があるからね。そろそろみんなもここに籠もりたくなってくる頃だ。なのにミツルのせいで……いつまでも部屋を空けられない」

「うっ、ううう」

「うっ、うううう」

気がつくと、同じように彩都も唸りだしていた。満流の背中に覆い被さるようにした彩都は、ついに唸りながら甘噛みを始める。

ドアの外で、コトンと音がした。誰かが中の様子を窺っているようだ。聞かれているというのに、二人は唸り声を止めることが出来なかった。

ついに大学に退学届けを出してしまった。さすがにそれまで無関心だった父も、苦言などというものを口にしてきた。

「はっ？　大学辞めて、どうするつもりだ。入学金だって、決して安くなかったんだぞ。おまえみたいにぼんやりしたやつは、何か資格でも取らないと、この先、生きていけないだろ？」

わざわざ父の勤める新聞社まで来て報告したのに、元気だったかもないし、ちゃんと食事しているのかもない。

家の掃除をして貰っていたバイト代も、しばらく貰っていないのに、息子がどこで何を食べているかなんて、気にならないのだろうか。

この先、生きていけないと心配するより前に、今、どうやって生きているのか心配して欲しいところだ。

とりあえずランチに、社の近くの定食屋に連れてきてくれたのはよしとしよう。少し時間がずれたせいですぐに座れたが、店内はそれでも混んでいる。父のように、こういった場所でしか家庭料理風のものを食べられない客が、肉じゃがや鯖《さば》の味噌煮《みそに》に舌鼓を打っていた。

満流も同じように鯖の味噌煮と肉じゃが、それに肉豆腐を選んだ。それを見て、父はぼそっと言ってきた。

「で、相手の女は、料理とか上手いのか？」

「え……いや……料理は俺がやってる」

毎日デリバリーでは健康によくない。そう思って、数日前から料理に挑戦し始めた。何しろ、毎日勉強しかしていない。大学に通っていた頃より、はるかに勉強しているくらいだ。その気分転換の意味でも、料理は楽しめた。

「まだ、そんなに難しいものは出来ないけど、とりあえずカレーとか、シチューとか」

「どっちも煮るだけか？」

「ま、まあ、そうだけど」

カレーとシチューが続いても、彩都は決して文句を言わなかった。むしろ満流がした努力を、大げさに褒めまくってくれたのだ。

犬は褒めて育てる。まさにそれだった。

たっぷりの愛情と、最高の住環境、適度な運動と、すべて完璧な状態で飼われている。大切にしてくれる飼い主の彩都の愛に報いるには、ここは彼の希望どおり獣医を目指すしかない。

だから通っていた大学を辞めたのだが、そんなこと父には説明しようがない。

「稼いでるお姉さんか？　水商売じゃないだろうな？」

「はっ？」

秋刀魚《さんま》の塩焼きと、大根の煮物を旨そうに食べながら、父は感情の伴わない口調で淡々と訊いてきた。

「いや……獣医だよ」

「……ああ……あれか、プードル」

そこで父は勝手に納得する。満流がドルを連れていなくなったことと、どうやら結びついたらしい。

「まあ、男のくせに可愛い顔してるから、ペット代わりにされてるんだろうが……」

まさにそのとおりなので、反論はしない。いや、出来なかった。

「今はいいが、あれだ、やっぱり男なんだから、あんまり情けないことになるな」

「情けないって？」

「ヒモみたいになるなってことだ。大学まで辞めて、主夫でも目指すつもりかもしれないが、女に養われているようじゃ、所詮ヒモだ」

満流は箸を止めて、じっと父を見つめる。

久しぶりに父とまともな会話をしているが、そのせいでか何だか自分のことを話されているような気がしない。

彩都とは、一緒にいられる間はよく話す。お互いの生育歴や、好みのものなどの情報交換はほぼ完璧だ。むしろ今は、父よりも彩都のほうが満流のことをよく理解してくれているだろう。

「動物って、一緒に暮らしていないと、親子って分からなくなるらしいね」

満流の言葉の意味が分からなかったのか、父は小首を傾げただけだった。

「それよりも飼い主っていうか、ボスと新しい集団を作ったら、そこに帰属するんだって」

これもすべて彩都から教えられたことだ。

「おまえの新しい女ボスは、洗脳するのも上手いらしい」

棘《とげ》のある言い方をするのは、父が満流のしていることを気に入らないせいだ。とうに集団のリーダーを棄権し、一匹狼《いっぴきおおかみ》になったくせに、やはり人間の悲しさで、息子が親以外の誰かに頼ったり、惹かれていくのは面白くないのだろう。

「獣医、目指そうかなと思って」

さすがにこの発言には驚いたらしい。今度は父が箸を止めて、満流をじっと見つめてきた。

「どこにそんな金があるんだ？　悪いが、一度は出してやったんだから、二度はないぞ」

「付き合ってる相手に借りる……それで返す」

彩都に出させるとは思いたくない。どこで働くにしても、きっといつかは返すつもりでいた。

「はっ？　獣医と付き合うようになって、バカな勘違いをしているようだな。獣医だって医者だ。国家試験を受けないといけないし、六年も大学に通うことになるんだぞ」

「そんなこと知ってる」

「その間に、獣医に飽きられたらどうするんだ？　奨学金取れるほど、出来はよくないだろ」

頭ごなしに否定されるのは、いつものことだった。そのせいで満流は、どこか消極的な生き方になったような気がする。こういう育て方はよくないと、今更ながら反抗心が湧き上がってきた。

「あの人は、そう簡単に捨てるような人じゃないから」

けれどそれは動物に限ってのことだ。前の恋人には逃げられたと言っていたが、もしかしたらあっさり捨てる男なのかもしれない。

そんな心配もあるけれど、父に弱気を知られたくなかった。

「今は夢中だから、そんなふうに思うのさ」

ふっと鼻先で笑って、父は食事を再開した。その顔には、自分は何でも知っているといった、優越感が表れている。

それは何でも知っているだろう。だが知っているだけで、知識を与えてくれないのなら、満流にとっては何のありがたみもない。

こんな父が犬を拾ったら、少しの散歩と毎日同じ餌を与えるだけで、世話をしていると思ってしまうのだろう。

時折自分の仕事が多忙になると、それすら忘れてしまうくせに、気に入らないことがあって叱るときには、誰のおかげで生きていけるんだと喚《わめ》く。

そんな程度の飼い主だ。

「恋愛までするなとは言わないが……相手に合わせて無理するな。たまたま顔が気に入られて引っかかったんだろう？」

「最初はそうかもしれないけど、今は違うよ」

可愛いと思っただけの相手に、大学まで辞めさせるだろうか。それともあれは、満流の気を惹くために調子よく言っただけなのか。

けれど満流が本当に大学を辞めたことで、彩都も自分の提案したことに責任を感じる筈だ。

「最近の女は、男をペットにするんだからな。満流、姉ちゃんで苦労しただろうに、やっぱり気の強い女が好きなのか？」

「まっさか、それはありえないよ。心配しなくてもいいって、相手、男だから」

カミングアウトというと、何だかすごいことのような気がする。なのに満流の場合は、肉じゃがを口に運ぶまでの一瞬だった。

「えっ……」

父も一瞬言葉を失ったが、たいして驚いた様子もなく、その後、黙々と食事を続けていた。

内心は驚いているのだろうが、ここでどんなことを言ったらいいのか、咄嗟《とっさ》に思いつかなかったのだろう。言葉を繰る編集者のプライドとして、半端なことは言いたくないのだ。

だったらここは、満流のほうから話しやすい雰囲気を演出するしかなさそうだ。そこでとりあえず、獣医志望を印象づけることにした。

「動物病院、もの凄く患者っていうのかな、多いんだ。先生、今でも一人じゃ大変でさ。将来は、手伝えるような獣医になりたい」

「稼いでるってことか」

「それだけじゃないよ。ボランティアとかもやってるし、尊敬出来る人なんだ」

「……まさか俺より年上なんてことはないだろうな」

「ないよ。まだ三十代になりたて」

もし彩都が五十を過ぎていたら、そいつはやめろと叫ぶつもりだっただろうか。

父はきっと煩悶《はんもん》している筈だ。自分は何でも知っていて、理解のある男でいたいと思っている。だから息子の恋人が男だとしても、ここは理解のあるところを示したいだろう。

なのに現実に、いい言葉が見つからない。相手が女だと思って、言いたいことを言っていたのは、ある意味女性蔑視の偏見があるからだ。ところが相手が男となると、さすがに言葉も思い浮かばないようだ。

「そうか……男とね」

語彙に拘る新聞記者のくせに、それしか語彙が思い浮かばなかったらしい。

しばらく無言で食事をし、食べ終わったら父はぼそっと呟いた。

「男ってのは浮気性だぞ」

いろいろと考えていただろうに、口にした言葉がそれだけだ。満流は苦笑しながら、優しく答えた。

「うん、分かってる。だけど、父さんみたいに、仕事だけの人間もいるでしょ。彼は、半端じゃなく、仕事に情熱かけてるんだ。だから心配はしてない」

「獣医になるのはいいが、金は、ちゃんと借用書を書いて、いずれ返すように」

「それは、絶対にするから」

「そうしてくれ。そうでないと、何だかいたたまれない」

この後仕事に戻っても、父はしばらくパソコンの前でぼんやりしているのだろう。そしてネットに入り、あらゆるゲイサイトを覗き始めるのだ。

「相手に迷惑は掛けるなよ」

伝票を手にした父は、財布を取り出したついでに、満流にいつもの倍、小遣いをくれた。

「週に一度でもいいから、家の掃除に来てくれ。人を頼むのは嫌なんだ」

「分かった。父さんも、あまり無理しないでね」

「ああ、無理はしていない。無駄はしているかもしれないが」

やはり父もショックだったようだ。レジに向かう足取りは、ふらふらしている。これだったら期待どおりに、相手が年上の女性だったらよかったのだろうか。

本来犬は、人が好きだ。ここに来てから、毎回彩都やスタッフに弄られているから、ドルもますます人間好きに育っている。人によく懐くと、またそれはそれで可愛いから、余計に可愛がられるという、いい循環になっていた。

「ただいま戻りました……すみませんでした」

ドルの世話をしてくれていたスタッフに挨拶しようと思ったら、知らない男がドルを弄っていた。まだ若い男で、髪のカットの仕方といい、着ているものといい、かなり決めていたが、それが似合うだけのイケメンだった。

節操もなくドルが懐いているのが、何となくむかつく。飼い主命なんてことは、どうやら小型愛玩犬にはないらしい。

けれどそれもしょうがないことだ。生後半年の間に、ブリーダー、ペットショップ、そして満流の姉とそのカレシの間を渡り歩いてきたのだ。

やっと落ち着いた先でも、日によっては世話してくれる相手が変わる。それでは満流が本当の飼い主だと、学習する機会もないだろう。

「あ、こんにちは……可愛がってくれてどうも」

身につけているアクセサリーや、誰もが知っている有名ブランドのバッグから、男が金持ちそうな印象を受けたので、ペットホテルに預けに来た客かと思った。そこで丁寧に頭を下げたのだが、男は満流を無視してドルを構っている。

「シュウちゃん、趣味、わるっ」

満流を見ないで、いきなりぼそっと呟いた。

シュウちゃんって言ってもいいのかと思ったが、あえて突っ込むこともせず、満流はいつものようにペットホテルの清掃を手伝い始めた。するとドルもやっと満流に気がついて、後をついてくる。

「いい子にしてたか？　散歩に連れてってもらった？」

優しく話し掛けると、小刻みに尻尾を振って応える。その姿は、さっきの男に対していたのと少し違い、より親密のように感じるのは、単なる思い込みだろうか。

「頭、悪そうだし、べつに、特別、いけてるとこもないし。どういう趣味してんだろ」

まだぶつぶつと呟いている。そこにスタッフがやってきて、一瞬笑顔を向けてきたが、すぐにぎこちなく笑いを引っ込めていた。

「満流さん、ドル君、いい子にしてましたよ」

「ありがとう」

そこでまた男は呟く。

「何だよ、名前まで似てるじゃん。ダッセェ」

いったいこの男は何なんだ、そう思って目顔で訊くと、スタッフは引き攣った笑みを浮かべた。

「弓弦《ゆずる》さん、先生、まだ診察中で手が離せないみたいですけど」

「いいよ、それじゃ家で待つから。ミツル君が、どうせ鍵持ってるんだろ？」

そこでスタッフは何度も瞬きしながら、それとなく満流に何かを訴えかけてきた。

「えっ……」

認めたくないが、どこか弓弦と呼ばれた男と自分の雰囲気が、似ているような気がした。満流がもう少し頑張って、いい男を目指したとしたら、あるいはもっと似たかもしれない。

「もしかして……」

最悪の展開が脳裏を過ぎったが、弓弦はそんな満流の思惑などお構いなしで、自宅へと向かってしまった。

「おい、何してんだよ。その毛玉捕まえて、さっさと来いよ」

「ええっ……」

もしかして逃げてしまった元ペット、いや恋人とは彼のことだろうか。彩都の男の趣味が一定しているなら、それは大いに有り得ることだ。

とりあえずドルを抱き上げ、自宅へと向かう。その足取りは、いつもよりずっと重かった。

「もう少し考えろよ。何も、おれよりダサイ男になんか、手を出さなくてもいいのに。シュウちゃん、よっぽど飢えてたんだな」

「あの、もしかして……」

「ああ、俺？　シュウちゃんの元ペットだよ」

「えっ……」

自分でペットと認めているところまで似ていて嫌な感じだ。

しかしどんな用があって、ここにやってきたのだろう。それがはっきりしないと、家に入れるのが躊躇《ためら》われる。

「何、悩んでんだよ。おまえ、とろいな」

見下した様子で言われて、さすがに満流もむっとした。

「何でいきなり、そんなに上目線？　俺が何かした？」

「自分に似てるやつが、ダサかったら、むかつかねぇ？」

「知るか……。それより何の用」

「おまえに話す必要ないだろ。これはシュウちゃんと俺の問題だから」

そうだろうか、やはりここは満流にも大きく関わってくるところではないのだろうか。

満流がいることを知らずに、関係修復を求めてやってきたのかもしれない。だったらここで、満流の立場をはっきりとさせておいたほうがいい。

「まさか戻るつもりじゃないだろ？　ここにはもう俺っていう、新しいパートナーがいるんだから」

「何がパートナーだ。どうせ犬耳付けて、首輪させられてるんだろ」

血の気が引く音というものがあったら、どうやらこういうものらしい。耳元でシュッと音がしたよ

うな気がした。

もしかしてあの犬の衣装は、弓弦のために用意されていたものなのだろうか。そう思うと、素直に着てしまった自分が、何だか惨めに思えてしまう。

ドアの前に着いてしまった。そうなったら開けるしかない。ドルはもう家に入りたがって、もにょもにょと体を蠢かしている。

満流は覚悟を決めてドアを開けた。すると当然といった感じで、弓弦が真っ先に入っていく。

「シュウちゃん、あの癖がなけりゃなぁ」

綺麗になっているリビングを一通り見回しながら、弓弦は決して満流を見ないで話していた。

「今でも直ってないんだろ？　セックスのときに、ワンワン吠える癖」

「うっ……」

「稼いでる獣医だし、いい男だし、優しいし、ケチじゃないし、嫌な体臭もないし、話題は豊富だし、ほとんど完璧だと思うだろ？」

まさにそのとおりで、満流も頷くしかなかった。

「なのに、セックスのときにワンワンだよ、ワンワン。あれがもう、最悪」

「……そうかな、俺は、気にならないけど」

気にならないというのは、本当は嘘だ。やはり多少は気になっている。彩都も気にしているのだろう。だから自然とバックスタイルが多くなるのだ。

「アメリカにいたとき、付き合ってた相手が、あのおかしな癖を教えたらしい。アニマルセラピストやってた男」

「どうでもいいよ……」

「興味ないの？」

「ない」

彩都の過去を知ったからといって、それでどうなるというのだ。犬は飼い主の過去になんて拘らない。目の前にいる飼い主だけを、ひたすら見つめて愛するではないか。

キッチンに向かう満流の足下に、ドルはお気に入りのおもちゃを咥え、振り回しながら駆け寄ってくる。遊んで貰いたいようだ。

「ドル、いい子にして待ってろ。今から、料理すっから」

ドルはおもちゃを咥えたまま、とことことキッチンまで付いてきた。ところがドルだけでなく、弓弦まで付いてきてしまった。

「えーっ、料理とかすんの？」

「ああ、するよ」

「何作るんだ？」

「今夜は肉じゃが」

ジャガイモとタマネギとニンジン、これだけで連日料理をしている。けれどそれで褒められることはあっても、彩都に文句を言われたことはない。

何がおかしいのか、包丁を手にした満流を見て、弓弦はげらげらと笑い出した。

「男、逃がさないために相手の口を攻略かぁ？　セックスのテクニックなさそうだから、焦ってんだろうけど、そういうの結婚焦る女がすることだろ」

「君は料理とかしないの？　ああ、その感じじゃ、出来ないんだろうな」

むかついたが、ここは熱くならずに冷静でいようと思った。そして黙ってジャガイモの皮を剝く。

昼間、父と食事した店で味は盗んだ。あの味が再現出来たら完璧だ。

「あのさ、自分で餌を用意する犬っている？　犬は大人しく、飼い主の出してくれた餌を食べるもんだろ？」

「別に……俺、犬じゃないし」

「シュウちゃんにとっちゃ、俺達は犬さ」

「達って何？　複数形にしないでくれよ」

飼われているような生活だ。犬みたいに可愛がられているかもしれない。けれど満流は、いつかは彩都と対等なパートナーになりたいと思っているのだ。

「へえー、上手いじゃない」

ジャガイモの皮を剝く手つきを見て、弓弦は正直に感心している。

「ちょっと前に母さんが亡くなったから、その後から家事やってたんだよ」

決して旨くはなかったけれど、満流なりに頑張って作ってはいたのだ。なのにあの家では、誰も食べてくれる人はいなかった。

今でもそんなに旨いものを作れるとは思えない。けれど彩都は、とても喜んで食べてくれる。あまり褒められることがなかったから、褒められればやる気が出るというのが、ここで暮らすようになってよく分かった。

「カレと喧嘩でもしたの？」

弓弦はキッチンから離れない。きっと誰かに話を聞いて欲しいのだろうと、満流は不本意だったが優しく訊ねた。

「喧嘩ってほどじゃないけど、アッシは多頭飼いだから、ちょっとなぁ」

「……えっ？」

タトー会とかの、やばげなところに所属しているのだろうか。それで逃げてきたのかと思ったら、弓弦はさらっと理由を口にした。

「二人までならいいんだけどさ。三人ってのは……しかも、一番年下なの、まだ十八だし」

「……タトー会じゃなくて、多頭飼い？」

「頭、悪いの。タトー会って何だよ」

おかしそうに弓弦は笑い出す。けれど満流は笑えなかった。むしろタトー会のやばめのお兄さんでも、弓弦を一生懸命に愛してくれればいいではないか。それよりも多頭飼い、複数の恋人を持つ男のほうがずっと問題だ。

犬を飼う人の中には、何頭も飼う人はいる。犬は群れを作る動物だから、ある意味、自然なことではあるだろう。

人間も群れを作る。強いリーダーが牽引《けんいん》していくのは、野生の狼も人間も同じだ。

けれど人間が、一匹の牡を中心にして、その周りには牝《めす》と子供しかいない、ライオンやトドのようなハーレムを作ることは、満流は反対だ。

愛する相手は一人でいい。

真面目に付き合うなら、一人でさえ大変だ。それを何人もと同時に付き合うなんて、弓弦のカレシのいい加減さに、他人事ながら苛立《いらだ》ってしまう。

ドルは必死になって、満流におもちゃを押しつけてくる。自分だけでぶんぶん振り回しているのでは、どうしても満足しないらしい。

満流はそこで手を洗い、綺麗に刻まれた野菜を見て一人頷く。

「よし、後は、煮て味付けするだけだ。ドル、お待たせ。遊んでやるぞ」

おもちゃを手にしてリビングに戻ると、満流は部屋の隅に向かって思い切りおもちゃを投げた。そうしている間も、もやもやとした気分は晴れない。

「俺とシュウちゃんが、どこで知り合ったか知りたい？」

しつこく弓弦は、満流の聞きたくもないことを口にする。ずっと話していないと、やはり不安なのだろうか。

「聞きたくない。少し、黙ってろ」

「シュウちゃんがいつも着てる服あるだろ、そこのショップスタッフだったんだ。よく買いに来てくれて、いい客だったけど、それだけじゃないんだ。勧めるものみんな似合うんだもん。惚《ほ》れるなってのが無理でしょ」

　弓弦の思い出なんかに付き合いたくはない。こんなときには、耳を塞ぐべきだろう。無視してドルと遊んでいたが、そんなこと気にもならないのか、弓弦は喋り続ける。

「試着室でさ、俺から仕掛けて……キスした」

「君の店じゃ、客にそんなことするのか？」

「誰にでもするはずないだろ。相手がノンケだったら、そんなことしないさ」

　しまった、つい返事などしてしまったから、弓弦を調子づかせてしまったじゃないかと、満流は反省したが遅かったようだ。話を聞いてくれると思ったのか、弓弦はさらに続けた。

「すぐにここに来て、楽しいペット生活が始まったんだよ。シュウちゃんは優しいから、服も好きなだけ買ってくれたし」

　ではあのクロゼットにしまわれた服は、満流のために用意されていたものではなく、弓弦のためのものだったのか。

　そう思うと、好きなブランドだっただけに余計に腹が立つ。

「俺も、バカだったな。アッシは遊び慣れてるから、一緒にいると楽しいけどね。三人でやるのはまだいいけど、四人だぜ。この俺が、発情したガキの相手をさせられるなんて、耐えられると思う？」

「おい……そういう話は聞きたくない。限りなく、下品なんだけど」

「ゲヒンって何語？」

「上品と下品の区別もつかなくて、ショップ店員やってたのか？」

何往復もして、さすがにドルも満足したらしい。今度は撫でてくれと、腹を見せて床に転がっていた。

こんなドルの様子を見ていると、弓弦のほうが犬らしい気がしてくる。好きな相手には、こうやって平気で腹を見せ、媚《こ》びを売るのだろう。懐かれたほうも、可愛ければついその気になってしまう。

「そのアッシってやつは、金持ちなの？」

「かなりね。店、何軒も持ってるし」

彩都より金持ちに心変わりしたというのは、よりリッチな生活に憧れたということなのだろう。それだけの理由で彩都と別れるなんて、本当の愛情を抱いていなかった証拠だ。

そう考えると、少しほっとする。

「で、君は、今何してるの？」

「はっ？　アホみたいに、毛玉と遊んでる、満流を見てる」

「……そうじゃなくて、仕事だよ」

この感じだと、満流とそんなに年は違わないだろう。だったら学生か、または働いている筈だ。ショップ店員だと言われれば納得する。ホストをやっていると言われても、違和感はなかった。

「ショップスタッフ、まだやってんの？」

「仕事？　ペットだよ」

「ペットが仕事？　ペットショップ？　トリミングとかやってるの？」

「はっ？　さっきからの会話で、話、読めてないのかよ。だから、俺はペットがお仕事なんだよ。分からない？」

「分からない……っていうか、分かりたくない」

父の言っていた意味が、今更ながら分かってしまった。自分も弓弦のことは言えない。今は彩都に飼われている、同じような立場だが、人からそういった境遇を聞くと、やはり不愉快になってしまう。

「じゃ、おまえは何やってんの？」

「……受験生だよ。来年、獣医科、受け直すんだ」

「マジ？　もしかして、おまえに一つだけ負けた？　おまえ、頭いいの？」

「普通だよ。だけど……その分、努力してる」

とは言ったものの、やはり弓弦と立場は変わらない。彩都に養われているのは事実だ。これではまずいと、満流は危機感を覚えた。

「カレと別れたんなら、また仕事に就くんだろ？」

「んーっ、どうしよっかなぁ。俺も、獣医目指そうかな」

ますます危機感は高まる。彩都は恋人に可愛さを求めるが、明らかに満流は負けているだろう。弓弦が戻る気になったら、満流の地位は危うい。

「多頭飼いなんて反対」

「それはペットのおまえが決めることじゃないだろ」

あっさりと言われてしまった。けれど犬や猫のように、新しい仲間を受け入れるなんてことは、満流には出来ない。大学まで辞めてしまった今、後戻りは無理だし、今更、どんな顔をして家に戻ったらいいのかも分からなかった。

「とりあえず……肉じゃが作ろう」

ここでうだうだ悩んだところで、結論を出すのは彩都だ。初めて出来た恋人で、有頂天になっていたが、彩都の恋愛観なんて分かっているようで、実はよく分かっていなかった。

犬や猫だって、新しい仲間をすんなり受け入れられるものじゃない。それを知っている彩都が、果たして弓弦とそんな簡単によりを戻すだろうか。

「絶対にない」

キッチンに戻ろうとしたら、玄関の開く音がした。横になっていたドルは、起き上がって勢いよく出迎えに行く。その様子から、彩都が戻ってきたのだと分かった。

「先生……」

この事態について、ともかく説明をしてもらいたいと思ったが、満流が彩都を出迎えるより早く、弓弦が飛び出していた。

「えっ！」

ドルよりも速いのではないかという勢いで、玄関まで迎えに出た弓弦は、いきなり彩都に抱き付いていた。

「シュウちゃん、おかえりーっ」

もし弓弦に尻尾があるなら、全力でぶんぶん振り回していることだろう。

あっさりと先を越された。満流はただ呆然《ぼうぜん》と突っ立っているしか出来なかった。

「待て、待てよ、弓弦」

まだ白衣姿のままの彩都は、困惑している。満流の見ている前で、ドルを撫でるように弓弦を撫でるわけにはいかないし、かといって懐いてきたものを、邪険に振り払えないのだ。

「加鳥《かとり》さんと喧嘩でもしたのか？」

「んーっ、まあね。あいつ、酷いんだよ。俺、愛されてないと思う。俺、バカだったね。どんなにシュウちゃんが、愛してくれてたのか、今頃になって気がつくなんて、マジでバカ」

尻尾を振って飛びついたら、あとはキュンキュン鳴いて訴える。ドルがやっているのと全く同じことを、弓弦は苦もなくやっている。

もはや満流に出る幕はないように思われた。だがドルはまだ諦めていないのか、必死にピョンピョンと跳ねて、彩都に抱っこをせがんでいる。

いつもならそんなドルに対して、ライバル心を抱くのだが、今日はドルを応援したい。その想《おも》いが通じたのか、彩都は弓弦を押しのけてドルを抱き上げた。

「話は聞くが、期待には応えられないよ」

そのまま彩都は、満流のほうに近づいてくる。そして軽く肩をすくめると、満流の頬にキスしてきた。

「驚かせちゃったな……すまない」

「……いいけど、どうしよう？　大学、退学届け出してきちゃった。もう少し、考えればよかったかな」

「何で？　その約束だろ？」

「だって……」

そこでちらっと満流は、弓弦のことを恨めしげに見つめる。

「ああ……そんな心配してるのか」

途端に彩都は笑顔になって、今度はドルを片手で抱いたまま、唇にキスしてきた。すると弓弦は面白くなさそうに、彩都の白衣を引っ張っていた。

「まず、先住犬を大切に、だっけ、シュウちゃん？　それしてるつもりかもしれないけど、俺のほうが先住犬なんだよね」

「今は違う。ミツルは、あの後から来たんだ」

弓弦が出て行ってから、どれだけの時間があったのだろう。そんなことも満流は知らない。今はただ、彩都を信じるしかなさそうだ。

「ふーん、意外に、シュウちゃんもドライなんだね。俺が出て行く時に、あんなに大騒ぎして修羅場やったのに、もう未練なしかぁ」

「一年経ったんだ、その間には変わるさ」

この感じでは、二人で思い出に浸り、そのままの勢いで関係再燃なんてことにはならないだろう。そこで満流は、大人の提案をした。

「コーヒー淹《い》れるから、話は二人でゆっくりすれば」

「ありがとう。こういうところが、ミツルのよく出来たところだ」

彩都だって、満流に過去話なんて聞かれたくないだろう。そう思って満流は、キッチンに戻りコーヒーを淹れる準備を始めた。

「落ち着け……落ち着くんだ。大丈夫だって、先生は簡単に心を動かすような人じゃない」

けれど捨てられたり、傷つけられた生き物に対しては、とても優しい。そこが一番のネックになりそうだ。

コーヒーサーバーのセットをする満流の足下に、いつの間にかドルが蹲っていた。満流の不安な気持ちが伝わっただろうか。元気のない様子に思わず抱き上げてしまう。

すると小さな生き物の温もりが、満流の中にあった不安を少しだけれど緩和してくれた。

「本物の犬なら、何頭来てもいいけどさ。いや、それはドルが嫌かな」

やはり犬でも、一頭だけで溺愛されるほうが嬉しいのではないだろうか。それともドルは、たくさんの仲間が欲しいのかもしれない。

まだまだペットに不慣れな満流には、分からないことだらけだが、唯一はっきりしているのは、彩都の愛情を誰かと分け合うなんて、絶対にしたくないということだった。

話し合いは終わったのだろうか。そのまますぐに、また彩都は病院に戻ってしまった。けれど弓弦が帰る様子はない。リビングでそのままテレビを観ている。

満流は釈然としないまま、夕食の支度を開始した。

「あ、俺の分もよろしく」

弓弦の発言に、さすがの満流もプチッと何かがキレた。

「冗談だろ。二人分しか用意してないよ」

「俺、小食だから」

「そういう問題じゃない」

今夜はサーモンを焼くつもりだったが、当然二枚しかない。他の食材でもう一品余計に作るなんて応用力は、今の満流には皆無なのだ。

「あり得ない。ずーずーしいやつ」

遠慮などという言葉は、弓弦の中にはないようだ。

「腹減ってるなら、コンビニ行って自分の食べたいもの買って来いよ」

それが一番いい選択だ。どうせ何を出しても、弓弦は文句を言うに決まっている。

「なぁ、俺が腹へらした犬だったら、おまえ、そういう発言する？　そこの毛玉の餌を、分けてやる

「ここでは犬らしくすることが、愛されるポイントなんだよ」

あのパーティの場面が蘇《よみがえ》り、満流はぶるっと身震いする。

弓弦もあのパーティに同伴された筈だ。あそこで弓弦は犬らしさを学んだのかもしれないが、犬なら決してしないことをしてしまったのだ。

色男のツカさんが言っていた、紋めないといけないカトリという男が、弓弦の今の飼い主なのだろう。弓弦は彩都を裏切り、その男に走った。そんなことを平気でする男が、犬らしいなんて口にするのも不愉快だった。

「そんなに食べたかったら、食材、何か買ってこいよ」

「あー？　そんな金ないって。犬が金持ってるわけないだろ」

ああ言えばこう言うと、すぐに返されるのもむかつく。何かというと、犬で逃げるのもむかついた。

だが、彩都は追い返さなかった。追い出せるだろうに、ここにいることを許したのだ。

それもまたむかつく原因かもしれない。

「めんどくさいなら、ピザ頼めば。あ、寿司でもいいな。俺、電話しようか」

「はっ？　勝手なことするな」

「そのまずそうな肉じゃがより、ピザのほうがよくね？」

「よくない。誰が支払うと思ってるんだ」

「シュウちゃん、俺らの飼い主」

弓弦は立ち上がり、リビングボードに置かれた電話を取りに向かう。恐らく弓弦にとっては、食事というものは食べたいものを、適当に注文して食べるのが普通のことなのだろう。

そういえば彩都も、最初の頃は毎回そうやって食事を外から取り寄せていた。弓弦がいた頃は、それが普通のことだったからだ。

これまで彩都のために、料理までした忠犬はいなかったらしい。だからこそ彩都は、シチューとカレーが続いても、素直に喜んでくれたのだろう。

「君は頭の悪い犬だから分からないだろうが、外食ばかりだと体によくないんだよ。塩分とか、脂肪分とか摂りすぎるだろ」

弓弦の手から電話を奪い、やんわりと諭すように言ってみた。すると弓弦は不思議そうな顔で、満流を見返す。

「シュウちゃん、医者だろ？　そういうのはおまえよりずっと詳しいんじゃないの」

「そ、それはそうだけどさ。忙しすぎて、料理なんてする暇ないだろ。だから俺が、これからは先生のために料理するんだ」

電話を取り上げられたが、弓弦は奪い返そうとはせず、ふて腐れた態度でソファに戻った。

しばらくは静かにしていたので、満流は料理を進める。彩都は時間通りに帰るので、手順を進めやすかった。

「俺、頭悪いかんな。それですげぇ損してると思う」

弓弦がまたもや独り言を開始した。けれど満流には、聞いてやる気はない。それより肉じゃがを、昼間食べたものと同じ味にするにはどうしたらいいかで、頭が一杯だった。

携帯電話を手にして、肉じゃがで検索する。山のようにあるレシピや料理ブログの中から、自分に合ったものを探し出すので苦労していた。

「だけど、犬って、そういうバカなところが可愛いからペットなんだろ？　シュウちゃんはペットが欲しいんじゃないの？　おまえはペットじゃないよな。あ、ヨメとか狙ってるのか？」

最愛のペットであり、最高の恋人であり、最適なパートナー、そう言われるようになりたいのだ。そう思って自分なりに努力しようと思ったが、よくよく考えてみれば弓弦の言うとおり、ペットとしては逸脱しているのかもしれない。

「一生、ペットのままじゃいられないだろ」

「そうだけどさ。酒飲まないでいいから、ホストより楽だし」

「楽とかじゃなくて、一番重要なのは愛情だって」

「何、熱くなってんの？　もしかして自分の立場、ヤバイって思ってる？」

そのとおり、やばいと思っていた。

よく考えてみれば、彩都だったら料理も作れる家政婦くらい雇える筈だ。やはり欲しいのは家政婦のように、料理や掃除をする人間ではなくて、完璧にペットをやれる人間なのだろうか。

「料理とか洗濯とかってさ、誰でもやれるだろ。病院の仕事だってさ、それ専門の資格持ってるスタッフが何人もいる。俺の言ってる意味、分かる？」

「……」

「パーティに行っただろ？　あそこに集まってるやつらの趣味どう思う？　シュウちゃんもやつらと同じなんだ。普通の恋人なんて、いらないの。人間の格好していて、セックスも出来る犬が欲しいだけなんだよ」

これ以上弓弦の話を聞いていたら、満流は自分の存在意義ってやつを、見失ってしまいそうだった。だから料理に専念することにした。

「サーモンはオリーブオイルとバターで焼く。付け合わせは茸《きのこ》とブロッコリー。スープはワカメ。よし、完璧だ」

「便利な耳してるね。聞きたくないことは、見事に聞こえないんだ？」

「そうだよ。君は……人間として愛されないから、自分に向かってそんな言い訳を用意しているだけだと思う」

よし、上手く躱《かわ》せた。これは一本取ったと、満流は内心にやりとする。

するとそれが当たっていたのか、それとも観ているテレビが面白くなってきたのか、弓弦はまた黙り込んでしまった。

弓弦だって本当は、人間として愛されたい筈だ。なのに上手く愛されないから、ペットだと言い張って自分を誤魔化しているとしか満流には思えない。

いい匂いがしてきたからなのか、ドルは満流の足下から離れない。上手くして何かおいしいものが、上から降ってくるのを待っているのだ。

もし肉片の一つでも落ちてきたら、ドルはそれだけで幸せになれるのだろう。

いくら犬のふりをしていたって、肉片一つじゃやはり幸せにはなれない。悲しいことに人間は、未来だの過去だののもひっくるめて、幸せの有り様を考えてしまうからだ。

問題があるとしたら、実は彩都がメインなんじゃないかと、満流は思いついてしまった。

獣医としては優秀だ。病の動物に対する態度は真剣だし、真面目にボランティアにも取り組んでいる。それだけでも十分魅力的なのに、外見はイケメンで態度は洗練されていてソフトだ。

普通に恋をしたっていいだろう。

いや、するべきだ。

彩都が普通の恋人を持ったら、弓弦のように相手の性癖に付けいって、寄生するような人間も寄ってはこない筈だ。

自分でもこの考えは鋭いと思えてきて、満流はにやにやしてしまう。

そろそろ彩都が戻る時間だ。満流はテーブルの上に、料理の皿をセッティングし始めた。弓弦に何も食べさせないわけにはいかないから、スープと生卵、それにご飯だけでいいだろうと思っていたら、弓弦はめざとくテーブルの上の料理に気付き、とんでもないことを口にした。

「うわっ、何それ、いかにも家庭のご飯ですぅって、感じ」

「ふん、何とでも言え。君のは、この特別エリアに配置されたものだけだ」

「えーっ、そっちがおまえのだろ」

「何で俺が、生卵だけなんだよ」

「せめて肉じゃがは、くれてもいいと思う」

満流は勢いよくぶんぶんと首を振った。

「君に食べさせるくらいなら、ドルに食わせる」

「本物の犬は、人間の食べ物NGだろが」

そんなことは知っている。人間の食べ物を数多く貰うせいで、メタボになってしまった犬や猫の悲劇を知っている彩都が、ドルにそんなものを与えさせる筈はなかった。

「仲良くしろって言っても無理だろうな」

爽やかな彩都の声が聞こえてきた。すると満流と弓弦は、同じように顔を上げて彩都を見つめる。

ドルは全速力で彩都に駆け寄って、ぴょんぴょん飛びついていた。

「弓弦……食事が済んだら、家まで送るから」

「家って、どっちの家？」

「実家だよ。加島さんちには、戻らないつもりなんだろ？」

「なんでぇ、ここに泊めてよ」

弓弦は当然のように、満流の席に座ってしまった。満流は嫌みのように、その前に置かれた皿の移動を開始する。

食卓に着いた彩都は、目の前に並んだものを見て眦を下げた。

「うん、頑張ってるな。同じ食材でのバリエーションにも挑戦しているし、サーモンのソテーはとてもおいしそうだ」

「でしょ。これからも、どんどんチャレンジしていくから」

彩都のためにビールを用意していたら、その間に弓弦はちゃっかりと満流の肉じゃがを食べてしまっている。

「あっ……何だよ、待てても出来ないのか」

ドルだって、自分の食事がまだなのにお利口に待っている。躾というものを、弓弦はされたことがないのだろうか。

「まずっ。シュウちゃん、いつも高級料亭の仕出し弁当とか食べてるのに、よくこんなまずいのに耐えられるね」

「そんなことない、おいしいよ。ミツルは、僕の体のことを思って、作ってくれているんだ。愛が籠もっているからね。どんな料理よりおいしいよ」

満流は彩都の労《ねぎら》いの言葉に、思わず涙ぐんでしまった。

まずいとか言いながら、弓弦は全部綺麗に食べてしまった。

「まずいんなら食うな」

「腹減ってるんだもん。アッシのとこ出てから、何も食べてないから」

そう言うと弓弦は、ちらちらと上目遣いに彩都を見る。可哀相に思った彩都が、引き留めてくれるのが狙いなのは見え見えだった。

「なのに酷いよね。生卵だけだよ」

「スープもあるし、俺の肉じゃが食っただろ」

「そんなことでいがみ合わない。ほら、僕の食べるといい」

せっかく彩都が仲を取り持とうとしてくれたが、満流はまたもや首をぶんぶんと振る。

「先生のために作ったんだから、先生が食べないと駄目なんだ」

「そうだったね。ミツル、ありがとう」

弓弦から見ても、二人の関係はもうペットとご主人様じゃないだろう。少しずつでも、人間の恋人同士に近づいてきている筈だ。

ついに彩都にも、素晴らしいパートナーが出来たんだと、ここで諦めて欲しい。

「いろいろあったと思うけど、実家に戻ればいい」

「やだよ。クソオヤジがいるから」

どうやら複雑な家庭の事情というのがありそうだが、そんなものをちらつかせたらペットじゃない。

なぜなら彩都が求めているのは、ファンタジーのペットなのだ。実家に戻ったらクソオヤジがいるなんて生育歴は、必要ないものだろう。

弓弦は生卵を割ると、盛大にかき回し始める。そして醬油《しょうゆ》を垂らす瞬間、子供のような顔をした。

あんな可愛い表情、彩都が見なければいいと思った。けれど彩都は、しっかりと見てしまったようだ。ご飯に生卵を掛けている弓弦の様子を、優しい目で見ている。

「だったら、どこかに部屋を借りなさい」

「無理、金ないしぃ」

「それくらいなら、出してあげるよ」

そこで満流は、思わず椅子から立ち上がってしまった。

「先生、ペットは甘やかすなって言ってたのに、それ、甘やかしだよ」

何で彩都が、自分を捨てた元恋人の部屋まで、面倒見てやらないといけないのだ。さすがにそれはボランティア精神を越えているし、いい人の限度も超えている。

「何で、そこまでするの？　こいつは先生を捨てたんだ。傷つけられたのに、それも簡単に許しちゃうの？　犬が失敗したのとは、違うんだよ」

「ミツル……」

「まだ好きなら、いいよ、何しても。甘やかしたり、可愛がりたいだけだもんね、先生の愛情って。料理する犬はいないって、ほんと、そうだよな。俺、バカみたいだ」

言いたいことを言ってしまったら、すっきりすると思ったら大間違いだ。むしろ嫌な気持ちのほうが大きくなってしまって、もう食事どころではない。満流はドルの餌だけ与えると、そのまま自分の部屋に戻ってしまった。

「いいよ、別に、俺が出て行けばいいんだろ」

そんないじけた考えがすぐに浮かんでくるのは、満流がまだ若く、恋愛経験が少ないせいだ。冷静になればいいのに、大人の対応はそう簡単に身につかない。

「あーあ、大学、辞めなければよかった」

バッグに荷物を詰めながら、家から持ってきたものの少なさに満流は驚く。荷物の大半を占めていた大学の教科書は、もはや無用のものだった。

「どうしたの、荷造りなんかして」

彩都の声がしたが、満流はあえて振り向かなかった。

今、彩都の顔を見たら、文句を山ほど口にするか、泣き顔を見せてしまいそうだったからだ。

「彼には帰る場所もないんでしょ？　俺には……帰るところはあるから」

たまに掃除に来てくれと言われたけれど、まだ実家には戻っていない。きっと満流以外に誰も掃除なんてしない家は、悲惨なことになっているだろう。

「甘やかしていると思われたかもしれないけど、僕なりに責任を感じてるんだ」

彩都は背後から近づいてくると、そっと満流を抱きしめる。その腕の優しさに、満流の動きは止まってしまった。

「弓弦に仕事を辞めさせ、ペットに仕立てたのは僕だ……」

「最初っから、先生が金持ちだと思って近づいてきたような男じゃないか。先生が駄目だったら、きっと別の男の愛人かなんかやってるよ」

「そうかもしれないね。だけど……愛人って生き方、つまりペットになることを、覚えさせたのは僕なんだ」

やはり顔を見ないではいられない。きっと今の彩都は、とても悲しい顔をしているだろう。そう思っていたら、振り向いて見た彩都の顔は、やはりとても悲しげだった。

「父親と上手くいってないってことだったから、弓弦を引き取って養うつもりだった」

「それって、俺と同じ？」

「そうだね。弓弦には、いずれペットショップでもやらせて、ペット用のウェアとか売らせればいいぐらいに考えてたんだ。だけど……人を育てるのは難しいね」

彩都は懲りるということがないらしい。弓弦で失敗しても、また満流で同じようなことをしている。

「あいつ……バカだ。先生の気持ちに応えていたら、何もかも上手くいったかもしれないのに」

「だけど弓弦は犬と同じで、今の幸福しか見えないんだ」

上から肉片が降ってくるという、僅かな幸福。そんな偶然を待たなくても、おいしいご飯やおやつは、死ぬまで保証されているという幸福が弓弦には見えなかったようだ。

「この間の会話を聞いていて分かっただろ？」

「えっ……」

「加鳥って男は、未成年を家に引き入れているらしい。そんな危ない男のところに弓弦を帰したくないんだ。せめて元のように、普通に働けるようにしてあげたい。楽ばかりしている、ペットの生活を教えた僕が、言うべきことじゃないけどね」

「そうだよ、先生も悪い。ペットみたいにしたがるのはいいけど……そういう趣味は理解しているつもりだけど、人を愛するのって、きっと、もっと、いろいろと大変なんだよ」

いけない、こうやって感情が高ぶると、涙が溢れてきてしまう。ここに来るまでは、ほとんど泣くことなんてなかったのに、彩都といると満流は限りなく泣き虫になってしまう。

「ごめんよ、ミツル。また泣かせてしまったね」

「……もう泣いてる？」

頬に触れると、涙の跡があった。つんと鼻の奥に感じるものもある。満流の涙腺は、とてもはたらきものになってしまったらしい。

彩都はポケットからティッシュを取り出すと、素早く涙を拭ってくれた。その後で、とても優しいキスをしてくる。

こんな優しさに触れていると、どうして愛されている自分がここを出て行かなければいけないのだと、理不尽に思えてきた。

「僕は、人間相手の恋愛は下手なんだ。高価なものを贈ったり、おいしいものを食べさせることで、みんな満足するんだとずっと思っててね」

「それより、ボランティアやってる先生の姿を見せたほうが、ポイント高いと思う」

「ほんとに？」

「うん……犬に対する愛を感じたんだ。俺にとっても、自分のための服を買いに行くより、いい経験だったよ」

満流の気持ちは、彩都に上手く伝わっただろうか。そしてこれを機に、彩都は満流を恋人としてより深く愛してくれるようになるのだろうか。

「お金は出してあげるから、獣医になれって言われるより、ああいう可哀相な動物達を助けるために、獣医になりなさいって言われたほうが、説得力あるよ」

「そうだな。だけど、汚い仕事じゃないか。僕は、ミツルはあんな汚れ仕事、嫌がるんじゃないかと不安だったんだよ」

「犬は、元々、心も体も汚くないよ。汚くさせるのは人間だし、汚いと思うのも人間なんだから」

「いいことを言うね。そういったことを思いつくミツルが大好きだ」

いい感じになってしまった。そのままキスになり、自然と互いの体に腕を回し合っている。

「どうしよう……こんなときに、ミツルが欲しくなってきた。きっと、今、ミツルを逃がしたらいけないと思って、焦っているせいかな」

「んっ……うん……俺も……ここ出て行くつもりだったけど、やっぱり嫌になってきた。先生、多頭飼いなんてしないで……。先生の期待に応えられるような人間になるから、お願い、俺だけを愛して」

「多頭飼いなんてしないよ。今の僕には、ミツルだけだ……」

熱いキスになった。そのままもつれるようにして、満流のベッドの上に二人の体が倒れていく。

セックスを仲直りの道具になどしたくないけれど、今はどちらも感情が高ぶっていて、自然とそうなってしまったのだ。

満流のシャツを脱がせながら、彩都は素早くその全身に唇を押し当てる。そして甘く噛んでいた。

「んっ……うっ……」

噛まれると自然と興奮するように、体は変化していた。満流は彩都が服を脱ぐのを手伝いながら、彩都の体にキスしていく。

二人で互いの体を舐め合っていた。彩都は時々満流を噛み、満流は甘く彩都の体を吸う。

「あっ、ああ、はぁっ……」

「いいよ、ミツル……可愛くてたまらない」

互いの手が忙《せわ》しなく、穿いているパンツを脱がしていく。そのまま一気に下着まで毟《むし》り取って、気がつけば二人とも裸になって絡み合っていた。

「あ、あんっ……」

彩都が欲しくてたまらない。体は激しく求めているけれど、上手く焦らされていた。

待てと命じられれば、どれだけの時間でも待つ。そうやって躾けられている体だけれど、今日はいつもの何倍も待つのが苦痛に感じられる。

「あ、ああ。お願い……もう」

「そんなに急いだら、もったいないだろ」

「だって……あいつが……」

弓弦はいったい何をしているのだろう。一人で大人しく、またテレビを観ているのだろうか。けれどどう考えても、そんなにいつまでも大人しくしていそうにない。

「邪魔、されたくないんだ」

「そうだね。だけど、弓弦も大人だ。そんな気の利かないことは……」

しないと言いたいところだったろう。けれど部屋のドアがばっと開き、彩都は見事に裏切られた形になった。

「こんなに早い時間からさかってんの？」

「弓弦、気を利かせろよ」

彩都が珍しく怒っている。けれど弓弦には、怒られている意味も分かっていないようだ。

「えーっ、気を利かせて、来てあげたんだろ。俺も混ぜてよ。楽しもう」

弓弦の場合、冗談で口にしているのではないだろうから困る。本気で乱入してくるつもりのようだ。

「三人ぐらいがちょうどいいよ。四人とか五人だと、もう誰が誰に突っ込んでるのか、分かんなくなってくるし」

本気な証拠に、弓弦は自らシャツを脱ぎ始めた。

「弓弦、駄目だ。この部屋から、出て行ってくれ」

彩都はまだ怒っているのか、荒い口調で命じた。すると弓弦は、やっと自分が歓迎されていないことに気がついたようだ。

「シュウちゃん、マジでぇ？」

「ああ、本気だよ。今はミツルが、僕の一番大切な人なんだ。ミツルが傷つくようなことを、僕はしたくない」

「何だよ、俺はゲストだろ。ゲスト放り出して、二人でさかってんのがおかしくね？　それって、誘われてるのかなって思うだろ？」

弓弦の言っていることは当たっていたので、満流は素直に謝った。

「ごめんなさい。配慮が足りなかった」

まだ彩都に未練がある弓弦がいるのに、見せつけるようにこんなことをしたのは失礼だ。より傷ついたのは、むしろ弓弦ではないか。

「すまなかった、弓弦。僕の部屋使っていいから、今夜はそこで寝てくれ」

「一人じゃやだよ、シュウちゃん、一緒に寝て」

「またそんな我儘《わがまま》を言う。僕はもう、弓弦の我儘に付き合うわけにはいかない。もう僕らは、とうに終わってるんだ」

そんなにストレートに言ってはまずいだろう。そう思ったけれど、彩都は容赦がない。満流だったらここで泣き出すところだが、弓弦はしたたかだった。

「あっ、そっ。じゃ、ホテルに泊まるから金貸して」

「そうだな。最初からそうすればよかった」

いや、違う。そこで彩都が金を出したらおかしい。これまでそうやって、お金や物で恋人の気を惹いてきた彩都にしては、おかしなことではないかもしれないが、やはり間違っているような気がした。

「駄目だよ、先生。そうやって何でもお金で解決しないの。いい方法があるから」

そこで満流は、今脱いだばかりの服をまた着始めた。

いい雰囲気だったのにと思ったが、彩都とはずっと一緒に暮らしていくつもりだ。たった一晩のセックスが不発に終わったくらい、どうということはない。

「弓弦……」

「えーっ、何でいきなりタメ扱い？　おまえに呼び捨てにされたくないね」

「弓弦さん」

「何だよ」

「今から、俺ん家にいこ」

「はっ？」

究極の選択だ。弓弦に盗癖があったらとか、心配しなければならないことが山ほどありそうだったが、それでも今満流に思いつくのはそれだけだった。

「俺ん家、近くだし。父さんがいるけど、たまにしか帰って来ないから」

「そんなことしなくてもいい。ホテルに行かせればいいじゃないか」

満流がこんなことを言い出すなんて、彩都も驚いただろう。彩都の立場としては、そんなことさせたくないだろうが、ここはどうしても譲れない。

「先生、お金だけ渡して放り出したら、やっぱり無責任だよ。弓弦……さんが、こうなったことに責任感じるなら、ちゃんと保護しなくちゃ」

「だったらそれは、僕がやることだ」

「そうだけど、俺はこの家で多頭飼いなんて嫌なの。弓弦……さんに遠慮しながら、先生とセックスするの？　そんなのやだよ」

「だからって、ミツルの家を提供することはないだろ」

「保護犬の預かりだと思えばいいさ」

飼い主のいない犬は、捕獲された後、保健所で数日保護されるが、引き取り手がいなければいずれ殺処分となる。そうならないように、引き取り手が見つかるまで預かり、世話をするのが保護犬の活動だ。

「ミツル、弓弦は犬じゃないんだ。そこまでする必要は、ミツルにはないだろ？」

「犬だったらするだろ？　困ってるなら、同じことだよ」

　本物の犬だったら、どんなによかっただろうと、彩都は思っている筈だ。犬なら彩都は、何も迷わずに引き取っただろう。けれど悲しいことに、弓弦は平気で浮気するような人間の男だったのだ。

「弓弦……さん。仕事とか決まるまで、とりあえずいてもいいよ」

「えーっ、おまえんちボロいの？　俺、ウォシュレットのあるトイレじゃないと、耐えられないんだけど」

「建てたのは前だけど、綺麗にして使ってるよ」

「飯は？　掃除は？　俺、そういうのしないんだけど」

　最初の頃、ドルの傍若無人ぶりに手を焼いたが、今になれば可愛いものに思えてくる。犬は叩いたり蹴ったりして躾けてはいけないものだ。信頼関係が出来れば、体罰などしなくても言うことを聞くようになる。

　けれど弓弦の場合、彩都は甘やかしすぎて、躾を間違えたのだ。ここは一発殴ったら、きっとすっきりするだろうなと思ったが、弓弦とドッグファイトを本気でしたら、やはり負けそうな気がした。

「俺が、たまに掃除しにいくから。だからって、散らかし放題にするなよ。社会人経験あるなら、常識って身についてるだろ、ある程度は……」

「ねえよ、そんなもん」

　弓弦はふんっと鼻を鳴らして、大きく伸びをした。その顔はつまらなそうだ。ここに戻ってくれば、また彩都に可愛がられて、幸せな日々が再現されると思っていたのに、あてが外れたからだろう。

「あーあ、ミツルの犬小屋に移動ですか。シュウちゃんは、もう俺のことなんて、抱きたくもないらしいし。ひでぇなぁ」

「自業自得って四文字熟語知ってる？　弓弦……さん」

「どうでもいいけど、さんまでの間に、一秒の沈黙はさむのやめてくんない？」

「失礼しました……弓弦……さん」

彩都がベッドの中で笑い転げていた。もう一度、その腕の中にダイブしたい。尻尾を振りながら、盛大にじゃれてみたかった。

そんな時間を確保するためにも、まずは弓弦の移送だ。問題は父だが、どうせ週に一度、帰るか帰らないかだろう。満流が掃除と、溜まった洗濯物を片付けておけば、満流の部屋に誰がいようと気にもしないだろう。

移動するのに、弓弦は彩都のキャスター付きスーツケースを借りて、満流のために用意された服を何枚も持ち出してしまった。

体型まで似ているから、サイズに問題はないと思ったのだろうが、まだ一度も着ていない服ばかりで、満流も黙ってはいられなかった。

家まで歩きながら、満流は弓弦の背中にぶちぶちと文句をぶちまける。

「何で、俺の服持ってくんだよ」

「どうせ着ないだろ？　家の中じゃ裸だし、出掛けるときだって、おまえならパーカーにジーンズでいいんじゃね」

「ええっ」

「大学辞めたんなら、毛玉の散歩と、スーパーに行くくらいだろ。いいものなんて、いらないじゃん」

たまには彩都とデートくらいすると言いかけて、満流は言葉を呑み込んだ。出掛けた先がまたあのパーティだったら、いい服を着ていっても意味がない。

「弓弦……さんだって、いい服なんていらないだろ」

「ああ、うぜえ。もう弓弦でいいから」

「どうせ俺の家でゴロゴロしているだけだろ。服なんていらないのに」

「就活だ、就活。俺は、ショップスタッフか、ホストぐらいしか向いた仕事ねえんだよ。なのに、面接にだっせぇ格好でいけないだろが」

どうやら弓弦は、働く気になったらしい。それはとてもいい傾向だ。

「ペットショップだったら、先生が紹介してくれるよ」

「シュウちゃんには言わなかったけど……俺、動物、嫌いなんだ」

少し俯いてスーツケースを引っ張りながら、弓弦は思ってもみなかったことを口にした。

「そ、そっか。だけど俺も似たようなもんだよ。何しろ、ドルが初めて飼った犬だから」

「シュウちゃんは、動物のことになるとマジになって、俺のことなんて忘れる。犬や猫なんて、どうせすぐに死ぬのにさ。適当にやっておくってのがないから」

「当たり前だ、バカかっ」

ついに満流はたまりかねて、弓弦の頭を後ろから思い切り叩いていた。

「いってぇー、おまえ……やる気？」

スーツケースの持ち手を離し、弓弦はいきなりファイティングポーズを取る。いかにも様になっているから、多少の心得はあるらしい。

殴られることが怖くて、黙ってはいられない。ここはきちんと、弓弦にも教えておくべきだ。

「命を何だと思ってるんだ。そりゃ、動物に対して金掛けるのは、やりすぎかもしれないって思うけど、一度家族として迎え入れたものを、生かそうとするのは当然だろ。命が短いからこそ、楽しく生きるべきなんだ」

「……ああ、うぜえ。シュウちゃんの真似してんの？　それとも、そういうとこに、シュウちゃんは惹かれたのかな」

弓弦はファイティングポーズを解き、再びスーツケースの持ち手を引いて歩き始めた。

「俺が影響受けたんだ。先生に出会うまで、何したらいいのか分からなかったけど、今は、本気で獣医になりたいって思ってるよ」

「おまえ、よその犬のウンコやシッコとか、ゲロ触って平気なのかよ」

「そ、そんなものは慣れるさ」

「うぇーっ、俺、ぜーったいに駄目だ」

弓弦と話しながら来たら、もう家に辿り着いてしまった。電気が点いていない家は、何だか寒々としている。玄関を開くと、こもった空気が嫌な臭いをさせていた。

「うぇーっ、くっせぇー。俺、こういうの駄目なんだけど」

「窓開けろ。父さん、あれだけ言ったのに、生ゴミちゃんと出さないから」

夜だというのに家中の窓を開けながら、満流は住む人もいなくなった我が家を点検する。そして苦笑いを浮かべた。

「母さん、ごめん。誰も線香上げてないよね」

嫌な臭いの原因は生ゴミではなかった。仏壇に飾られた花が枯れて、水が腐っていたのだ。

花を捨てて、生ゴミの袋を外に出したら嫌な臭いは消えた。そうして満流が忙しくしている間も、弓弦はテレビを観ている。

ニュースが流れていたが、映し出された映像を見た弓弦が、短く叫んでいた。

「んっ？　何？」

モップを手に、床を拭こうとしていた満流の手も止まる。

『未成年である男子高校生を、猥褻《わいせつ》行為目的で監禁したとして、カトリアツシ容疑者が逮捕されました。カトリ容疑者に監禁されていた高校生の両親から、保護願いが出されて発覚したものです』

「おっ……ええっ、やっべぇー」

弓弦は手近なクッションを抱きしめ、ほんの数秒流れたカトリの映像を、食い入るように見つめていた。

あのパーティで聞いたことは、やはり本当だった。カトリという男は、かなりやばかったのだ。

「弓弦……よかったな。まだあいつの家にいたら、君も共犯扱いだよ」

「うそ、だってあいつら、十九だって言ってたし」

「言わされてただけだろ」

これでいよいよ弓弦の行き先はなくなった。けれど彩都はこのニュースを聞いたら、ほっとするだろう。

「あーあ、パクられちまったよ。アツシ、セックスだけは最高だったのにな」

「……それ、言うな。また殴りたくなる」

後ろからまた頭を叩きたくなる。結局は、セックスのテクニックと、遊んでくれる楽しさに釣られて彩都を裏切ったのだと知るのは、非常に不愉快だった。

「ミツル……おまえ、タチやらないの？」

もう画面は変わっているのに、じっとテレビを観たままで弓弦は呟く。

「タチって何？」

「攻めとも言うけど、セックスのときに乗っかるほうだよ」

「……」

返事のしようがない。そんなこと彩都相手にしたいと思ったことなどないし、出来るかと言われても全く未知の領域だった。

「ミツルって、見かけよりずっと男らしいのな。もしかしてシュウちゃんより、本当は男らしいんじゃねえの」

「はっ？」

別に男らしいわけではない。何だか、これまでになかったほどの異常事態の連続で、ともかくタフに対処してきただけだ。

「アツシに裏切られて、俺、もうぼろぼろだぁ。ミツル、おまえのそのタフな心で、優しく包んでくれたりしたら、俺、マジでミツルに惚れるな」

「あのな、沸かしてない風呂に、頭から突っ込まれたい？　そういうの冗談にもならないから」

モテ期到来と喜ぶわけにはいかない。何で彩都の元カレに、好意を寄せられないといけないのだ。

「俺は浮気なんてしない。忠実な犬でいたいんだ」

「もったいないよ、ミツル、いい男なのに、一生、シュウちゃんが独り占め？」

「俺にとって飼い主は、一人だけさ」

ああ、どうして彩都と離れて、こんな浮気ペットの愚痴に付き合わされているのだろう。うんざりしかけていたら、いきなりリビングのドアが開いて、父が顔を出した。

「あれ？　一人じゃなかったのか？」

父は一瞬で動きを止めた。どうやらそこにいたのが、問題のカレシなのかと思ったようだ。けれど弓弦は、どう見ても満流と同じくらいの年にしか見えないから、混乱したのだろう。

「あ、友達。その、いろいろあって、今夜、泊めるんだ」

「泊めるって……満流」

今度は満流が浮気しているのかと、父は疑ったらしい。明らかに不愉快そうな顔をしている。

「どうも、初めまして。戸地月《とちづき》弓弦と言います。実は、僕、今、ニュースになってる、未成年監禁、猥褻男の被害者なんです」

いきなり立ち上がり、弓弦は聞かれてもいないのに、すらすらと勝手に話し始めた。

ニュースになっていると言われたら、父も聞かずにはいられない。何しろ本日どころか、明日明後日の新聞の記事まで網羅しているつもりの父なのだ。

「ああ、あの六本木の飲食店経営者か。君も、未成年なの？」

父はバッグをソファに置き、ネクタイを緩めながら訊いていた。

「いえ、僕はもう成人してますけど」

「今、幾つ？」

「二十歳です」

それを聞いて、満流は叫びたくなった。あんなに偉そうにしてたのに、おまえ、タメかよと。

「カトリさんの家にいたんだけど、若い子が来たので、怖くなって逃げ出しました。何人かの友達のとこに隠れていたんだけど、見つかりそうになって、満流君を頼って来たんです」

それは嘘だけれど、半分は本当のようなので、どうにも嘘臭くない嘘だった。

しかしよくべらべらと、相手に合わせて話せるものだと、満流は感心してしまう。満流にもこんな応用力があったら、もっと違った生き方を選択していただろう。

「家は遠いの？　一度、家に戻ったほうがいいな。もしまだしつこくその男に狙われるようなら、地元の警察に相談してみるといい。最近はストーカー事件で不始末が続いているから、警察も親身になってくれるよ」

父はこういったとき、もっともいい方法を知っているのは自分だとばかりに、自信のある態度で話すのだ。

「でも、家には、あの男より恐ろしいオヤジがいるんです。酔うと、すぐに暴力を振るうから、出来るなら二度と帰りたくない」

そこで何と弓弦は、ごしごしと目をこすってみせた。

まさか泣いたのかとも訊かず、満流は呆然とそんな弓弦を見つめる。

「家に帰れないと知ってるから、ずるずるとあの男の言いなりになってました。だけど、どんどんおかしくなってきて、怖かった」

「そうか……大変だったんだな。ま、しばらくここにいてもいいが、火の元だけは注意してくれ。満流、ビールまだあったかな。君もどうだい？」

「えーっ、いいんですかぁ」

ビールの単語で、弓弦の眉がぴんっと上がったような気がした。箱買いしてあるビールは、気がついたらほとんど弓弦の腹に呑み込まれてしまいそうだ。

「すみませんが、お父さん、しばらくお世話になります。満流君のお父さんが、こんなに格好いいなんて知らなかった。お父さんって、イケメンっていうよりダンディかな」

ビールを取りに行こうとした満流は、壁に両手を突くと、頭を下げて大きくため息を吐いた。

「おい、おいおいおい、頼むから、父さんに尻尾なんて振るなよ。それで父さんも、頼むから、あの浮気犬の頭なんて撫でるな」

誰にでも尻尾を振る犬、ドルのようだ。いや、愛玩犬の能力としては、可愛さだけしか売りのないドルを、はるかに凌《しの》いでいるだろう。

「あれも、生き残るための能力なのかな」

冷蔵庫にあったビールを出して、新たに何本かを冷やしておく。その間も、つい心配事が口をついて出た。

「いや、父さんなら大丈夫だ。弓弦の媚びや嘘には、騙《だま》されないさ」

もう父を信頼して、弓弦を任せるしかない。父がいれば、弓弦もそんなにおかしな振る舞いはしない筈だ。そう思って彩都のところに戻ることにした。

「弓弦、俺、戻るから」

「えーっ、話、聞いてくれるんじゃなかったの？」

弓弦の声が、変に甘えていて嫌だ。さっきまでのふて腐れていた態度と違いすぎて、目眩《めまい》がしそうだった。

「話なら、父さんが訊いてくれるよ。それと母さんの仏壇だけは……弄らないで」

そう頼んだとき、弓弦は初めてまともな顔をして満流を見つめた。それはとても人間らしい表情で、満流に対して少しだけ、優しい気持ちになっていたのかもしれない。

ワンワンと可愛い鳴き声が聞こえる。どこかで聞いたような声だと思いながら歩いていくと、公園の外灯の下で、全身の毛を波打たせて鳴いているドルと、彩都の姿を発見した。

「先生……迎えに来てくれたの」

「ああ、ミツルが弓弦に犯されてないかと心配になってね、様子を見に来たんだ。そうしたら、お父さんがちょうど帰ってきたみたいで。こんなときじゃなかったら、ちゃんと挨拶するんだけどな」

「それなら、ちょっと危なかったよ」

「本当に？」

「うん……あの浮気犬、危なかった」

満流は彩都に近づいていき、その腕の中に全身を預ける。すると今日一日の疲れが、一気にどっと溢れてきた。

「疲れた……」

「そうだろうな。あの我が儘な弓弦を従わせるなんて、大変だったろう。なのにミツルは、声を荒げたりもしないで辛抱強く相手をしてくれた。嬉しかったよ」

「褒められたから、それだけでもう満足って感じ」

さっきから無視された形のドルは、必死になって満流の足を引っ掻いていた。それを彩都はひょいと抱き上げ、満流に抱かせてくれた。

「心が疲れたときには、ペットを抱くと癒される。どうしてなのかな。不思議だろ」

ドルを抱くより、彩都に抱かれていたかったが、抱き上げたドルに顔を舐められてしまい、満流はされるままになっているしかなかった。

「これが癒し？　何だよ、さっきまで一緒にいただろ」

「ミツルが出て行ったら、不安そうにしてたんだよ」

「先生がいればいいんじゃないの？」

「そうじゃない。誰が一番自分を愛してくれるか、犬なりに分かっているんだ」

「俺が一番、ドルを愛してるって？　本当かなぁ」

ドルを下に下ろし、彩都と二人、ゆっくりと家に向かった。自分が育った家ではないのに、なぜか満流は住み慣れた我が家に帰る気持ちになっている。

「ミツルといると、また人を人として愛せるような気持ちになってきた。それともミツルだから、愛せるのかな？」

さりげなくミツルの肩に手を置き、彩都は素晴らしい言葉を聞かせてくれた。

普通の恋愛をすること、彩都がそこに目覚めてくれれば最高だ。

「自分のしてきたことのおかしさに、やっと気がついたよ」

「あれはあれで楽しかったから、いいよ」

満流はそこで、つい鷹揚《おうよう》なところを見せてしまう。けれどここでは、言わないほうがよかったのではないだろうか。

歩道に沿って灯《とも》された外灯の光で、彩都の目が一瞬キラッと光ったような気がした。

「本当に？　ミツル、嫌じゃなかった？」

「えっ、ええ、ま、まぁ、楽しくはないけど」

「あのパーティで、ミツルのこと、もっと見せびらかしたいんだ。こんな最高のペットを持ってるって、自慢したいんだよ」

「ええっ？」

またあの恥ずかしい格好をして、人前に出るのかと思うとやはり躊躇する。けれど嫌なことを嫌とは言わず、何となく誤魔化してしまう癖のせいで、このままでは続行してしまいそうだ。

「加鳥も捕まったみたいだね。ニュースは観てなかったけど、メールで教えてもらった」

あそこのパーティにいる人間で、彩都の私生活も知っている人間といったら高橋だろうか。もしかしたら高橋の飼い主が、カトリのしていることを警察に通報したのかもしれない。

「加鳥が、弓弦のことを疑わないといいけど。それだけが心配だ」

「もしかしたら本当に弓弦が通報したのかもしれないよ。あいつ、頭悪そうにしてるけど、小ずるいとこあるし」

「そうか……それもあるな。だから安全な場所を探して、逃げてきたのかな」

もし弓弦が告発したのなら、きっと嫉妬からだろうと満流は思う。自分が一番愛されたいのに、カトリは次々と少年達を連れてきて、弓弦の愛玩犬としてのプライドをずたずたにしたからだ。

「ミツルのお父さんに、迷惑かけないかな？」

「大丈夫、もし脅されるようなことがあったら、逆に張り切っちゃうかも。何しろ、社会部の記者っていうのだけが、売りの人だから」

満流はそっと手を伸ばし、彩都の手を握る。日中や人目のあるところでは、絶対に手など繋げない。けれど夜も更けた住宅街は人影もなく、男同士で手を繋ぐ不自然さも隠された。

「明日からは、日中も病院とホテル、手伝ってもらおうかな」

「いいの？　まさか犬の格好でって、わけじゃないよね」

「……それもいいなぁ」

「え、えーっ、えっ」

彩都だったら冗談で済まさないと思えて、満流は思わず強く手を握ってしまう。

「安心して。あんな可愛い姿は、僕だけのお楽しみだから」

「よ、よかった。だけど、俺、何をするの？　まだ資格もないし、動物のことも知らないよ」

「掃除とかしながら、飼い主さんの話し相手になってくれるだけでいい。そうしている間に、ミツルもいろいろなペットのことを学べるだろ。人間は体格に差はそんなにないが、獣医は馬や牛から、ハムスターまで診ないといけないいんだから」

もしかして人間の医者より大変なのだろうか。そう思うとまた不安になってくる。

「もちろん勉強もするんだよ。手抜きはなしだ。受かってくれないと、僕が困る」

「プレッシャー、すごいんだけど」

「ミツルは流されやすいから、いつも緊張感を保ってたほうがいいんだ」

そのとおりなので、反論は出来なかった。この流されやすい性格を直すには、何か強力な重しが必要だ。だから首輪に繋いだリードで、しっかりと彩都に繋がれているのがいいのだろう。

「もし逃げたら、ドルはどっちの家に帰るのかな」

彩都の家が近くなると、小さい体ながらドルは満流を引っ張っていく。その姿は、急いで家に帰りたいと全身で示しているのだ。

「恐らく、僕の家だろうな。マーキングしっかりしている筈だから、匂いを辿《たど》っていけば、自然とここに帰り着く」

「俺も……何だかここに帰るのが自然な気がしてきちゃった」

「そういう可愛いことを言うんなら、今から走って帰ろう」

いきなりそこで彩都は、ダッシュで走り出す。ドルも喜んで走り出し、当然のように満流も走っていた。

いきなり人は変われない。一度染みついた癖は、そう簡単に抜け出せないものらしい。弓弦に邪魔され、不発に終わった分を取り戻すべく、張り切って彩都の寝室に来てみたら、いつものものが用意されていた。

結局満流は、犬耳のカチューシャと手袋で、可愛い犬のふりをさせられるのだ。

「またこれ？」

「そう、僕が飽きるまでそれ」

「いつ飽きるの？」

「さあ……いつだろう。可愛いから、いつまでもその格好でいいじゃないか」

いつかは飽きるのだろうが、それまでの間に、満流がこの格好でないと燃えないようになってしまわないかが心配だった。

「だけど、前から気になってたんだ。どうしてこんな格好させたがるの？」

訊いてはいけないのかもしれない。けれど訊いておかないと、いつまでも気になってしょうがないような気がした。

「最初に付き合った男が、こういう趣味だったんだ。あのパーティを教えてくれたのもカレだった」

大人しそうな彩都だけれど、どうやら過去を探っていくと、わらわらと手なずけた犬達が出てきそうだ。最初の男がそういう趣味だったら、やはりいつまでも趣味の道からは抜け出せないのかもしれない。

「そっか……で、カレは、どうしてるの？」

「虹の橋を渡った」

「えっ……ごめん、ごめん、ごめんなさい、訊かなければよかったね」

飼い主はペットの死を、虹の橋を渡ったと表現する。虹の橋の先には素晴らしい広場があって、そこで健康なときと同じ体を取り戻し、いつか飼い主が同じように虹の橋を渡ってくるのを待つというものだ。

「いいよ、もう何年も前のことだ。それで日本にいるのが嫌になって、海外に渡って、しばらく勉強していたんだ」

「そうなんだ……」

虹の橋の先で、その男は彩都を待っているのだろうか。いや、それはまずい。どちらが先に死ぬのか分からないが、満流としてはぜひ彩都に迎えに来て欲しかった。

「でも、裏切られたんじゃなかったんだね。そのカレも、ずっと先生のこと好きだったんだよね」

またもや涙が溢れてきて、満流は犬の手でごしごしと顔を拭った。

「裏切られたって思っていたよ。なぜって、酒を飲んでも運転するのを止《や》めなくてね。何度も注意したのに、結局は……飲酒運転で事故死したんだ」

「そんな……」

「僕を愛していたら、僕のために長生きするべきじゃないかな？　どう思う？」

「そう思うに決まってる」

愛するもののために出来ることといったら、少しでも長く一緒にいられるよう、努力することではないのだろうか。

だからたかが犬猫でも、獣医は必死に治そうとする。愛する飼い主との楽しい時間が、少しでも続くようにと。

「だからね、ミツルが僕のために、料理を始めたのがとても嬉しかったんだ」

彩都は満流の髪を撫でながら、優しく囁く。

「僕の健康に気を遣うってことは、ずっとずっと一緒にいたいってことだろ？」

「そうだよ。先生は長生きしないといけないんだから。それでも、どうしても駄目になったら、俺、ずっと先生の手を握っててあげるからね」

「ミツル、僕を泣かせたい？」

「これ読んで、一緒に泣こうよ」

彩都のベッドサイドには、『犬の十戒』が印刷されて、額に入れて飾られていた。その一番最後に書かれているものが、彩都を泣かせるのだ。

『最後の時まで、どうか一緒に側にいてください。もう見ていられないと立ち去らないで。あなたといることが、私にとって幸せなのだから。そして忘れないで。私があなたを愛していることを』

「うっ、ううう」

満流は堪えきれずに号泣する。だが満流が泣いたせいで、彩都は泣けなくなってしまったらしい。

満流を抱きしめ、優しくその全身をさすってくれていた。

「ミツルは素直だな……。そういうところが、可愛くてたまらない……」

さすっていく箇所が、どんどん移行していく。

「あっ……」

「やっと、二人の大切な時間を取り戻したね」

「んっ……」

ふわふわの手で、彩都の体をさすった。すると彩都のものが、ゆっくりと角度を上向きへと移行していく。

「ほら、ミツル。俯せになって……」

「んっ…んん」

彩都は満流を俯せにすると、腰を高くあげさせ、その部分に舌を這わせてきた。

「ひっ！」

それはあまり慣れていない行為で、満流の体はびくびくっと反応してしまう。

「い、いやっ、あっ、ああ」

「今夜は母犬の気分なんだ。ほうら、ミツル、綺麗にしてあげるから」

「んっ、ふっ……んんっ、ふっ……」

舌先が入り口でくるくる動いている。それだけでも感じるのに、彩都の手が満流の性器を弄り始めたからたまらない。

「はっ、ああ……はぁ……」

すぐにいってしまったらもったいない。いつもそう言われているのに、体はすぐに反応してしまう。

満流はもうてらてらと性器を濡らして、低く喘《あえ》いでいた。

「ミツルはセックスが好きなんだな」

「うっ……うっ」

「後ろからのほうが、好きみたいだね」

「は、はあ、ああ……はっ」

すぐにいかせてくれないつもりか、彩都は満流の性器の根本を強く押さえて、舌での愛撫を続けていく。

「あっ、ああ、あっ」

頭の周りを、羽を生やした犬が飛んでいた。いつもはドルなのに、今夜はなぜかドーベルマンだ。

いや、よく見るとそれは犬スタイルの高橋だった。

「い、嫌だ。そんなの、嫌」

「いかせて欲しい？　焦らされるのは嫌？」

嫌なのは高橋犬だ。誤解されたようだが、訂正する余裕もない。

「分かった。楽にしてあげるから」

いつものように正確に、彩都のものが満流を貫いてくる。すると満流の魂は、遠くに飛んでいってしまう。

これがきっとペット達の天国、虹の橋の先にある広場だろう。ふわふわと柔らかな芝生がどこまでも続き、飽きることなく走り回れる広場だ。

「んっ……ううん……」

「ミツル、そんなに感じ過ぎたら駄目だよ」

「んっ……うん」

彩都は静かに行為を続ける。どうやら今夜は彩都も疲れていて、吠える元気もなさそうだった。

ドルは『アヤトペットホテル』の看板犬になった。背中に『ようこそ、いらっしゃいませ』と書かれた服を着て、ちょこまかとホテルの中を移動している。その姿が愛らしくて、愛犬雑誌から取材も受けた。

我が子が一番可愛い。愛犬家、愛猫が陥る愚かな罠《わな》に、満流もずぶずぶと嵌《はま》っている。

「ドル君、可愛いでしゅねぇ。いい子でしゅねぇ。なーんてな」

つい口にした赤ちゃん言葉を、満流は慌てて誤魔化した。

やはり賢い犬らしい。ドルはお客が来ると、料金表などの書かれたパンフレットを咥えて、いそいそと近づいていく。満流が冗談のようにして教えたのだが、どうやらその仕事にドルなりのやり甲斐《がい》を見いだしたようだ。

満流もここでの仕事に、楽しみを見つけられるようになった。クリニックのほうは、やはりまだ荷が重いので、ペットホテルを手伝っている。前からいるスタッフは、トリミングもやるので忙しいから、満流がサポートすると助かっているようだった。

犬や猫の種類も覚えた。空いた時間には、参考書を開いて受験勉強もしている。

カランコロンと、入り口のドアが開いたときに鳴る鈴音がした。ドルは急いでパンフレットを咥えると、尻尾をふりふりいそいそと近づいていく。

「いらっしゃいませ……って、あー」

けれどその客の顔を見た瞬間、満流の眉間には怒りの皺が刻まれる。パンフレットを受け取ったものの、その客、いや姉は、胸元で腕を組んで満流を睨み付けてきた。

「何で、あたしのドル君を、勝手に働かせてるのよ」

「はっ？　何だよ、何カ月も放置してたくせに」

久しぶりに会う姉は、相変わらずどこといって変わった様子はない。バリバリ働いていますといったファッションに身を包み、化粧にも隙がなかった。

「家に帰ったら、びっくりしたわ。何なの、あのタレントみたいなボウヤは？」

そういえばあれから一月近くになるが、弓弦があの家を出たという話は聞かない。家賃を浮かせるためなのか、未《いま》だにあの家にいるらしい。

「ペットホテルで働いてるの？　何よ、今更、獣医になるって？」

「んっ……うん」

そこで姉は周囲を見回し、スタッフがトリミング中なのを確認してから、声を潜めて満流にとんでもないことを言ってきた。

「どういうことなの。あんたがそっちに走るのは分かるけど、父さんまで、いつからそっちの人になったのよ」

「あれは違うんだ。ちょっと事件に巻き込まれて、隠れていたいっていうから、家にいるようにって部屋を貸しただけで」

「そうなの？　それにしちゃ、何だか自分の家みたいにしてたわよ。部屋なんかも、凄い模様替えしてあってさ」

「あいつは……飼い主に甘えるのが上手いんだよ」

古かったリビングのソファや、ダイニングテーブルを入れ替えたくらい、満流としては大目に見るつもりだった。だが姉にしてみれば、我が家が見知らぬやつに浸食されていると感じるのだろう。

「それより何か用？」

「ああ、そうそう、ドル君、引き取るから」

「はっ？」

寝言というのは、寝てから言うものだと、思い切りオヤジのようなことを言ってやりたい。それぐらい、満流にとってはふざけた内容だった。

「何を今更、なんですけど」

「だって、新しいカレが、犬が大好きなのよ。だからね……忙しいから、今は実家に預けているって言っておいたけど、飼ってるとこ見せないと」

「あのな……女だって殴るぞ」

「はっ？　何よ、いきなり、満流のくせに」

満流のくせにと言われ続けてきたが、もうこれまでの満流とは違う。愛するものを守るためなら、いつだって牙を向けるのだ。

「生き物はおもちゃじゃないんだよ。自分のファッションアイテムのつもりかもしれないけど、おまえなんかに犬を飼う資格はない」

「あんた、男が出来たからって、強気になってんじゃないわよ」

「うるせえ。ドルをどうしても連れて行くっていうなら、相手の男にねえちゃんの実態をすべてばらすぞ。ほとんどの男は、ねえちゃんの外見と最初のソフトな印象に騙されてるが、本当はとんでもない鬼女だってな」

ドルは二人がいがみ合うのを見て、気を利かせたつもりなのか、おもちゃを咥えてきて満流の足にこすりつける。

そんな喧嘩なんてやめて、楽しいことをして遊びましょと、誘っているのだ。

「見ろよ、健気じゃないか。これが、犬って生き物なんだよ。ねえちゃんみたいに心の汚れたやつには、ペットを飼う資格はない」

「ふんっ、何とでも言うがいいわ。血統書の所有者のところには、あたしの名前が入ってるんだから」

「だから何。それが何？　勝手に連れて行くと、虐待だな。俺、総力上げて戦うけど」

いつの間にこんなにいい飼い主になったのだろうと、満流は自分でも驚いていた。だが姉に連れて行かれたら、ドルが不幸になるのは目に見えている。

小さな命を預かった。けれどどんなに小さくても、今の満流にとって命の重さは人と同じだ。

「ドルはこれから二十年、生きるかもしれないんだ。弱ってよれよれになったら、どうすんの？　ねえちゃんだったら見捨てるのかな。海外に長期出張になったら、連れて行けるの？　行けないだろ。だからってドルのために、出張取り消すほどいい人じゃないし」

満流がもの凄い勢いでまくしたてるから、さすがに姉も反論出来ずにいる。そのまま満流は、さらに思っていることをぶちまけた。

「ねえちゃんは、本当に愛するってことを理解してない。だから男にも、次々と逃げられるんだ」

「ちょっ、ちょっと何よ」

「自分がよく見えるように、いい男や可愛い犬を自分の周りにはべらせたって、それでねえちゃんの価値が変わるわけじゃない。問題は、その人間性だ」

そこでいきなりばしっと、満流の頬が鳴った。

叩かれたけれど、それで下がるつもりもないし、やり返すつもりもない。満流はただじっと姉を睨んでいるだけだ。

自分でも、ずいぶんと大人になったものだと思う。そのきっかけを作ってくれたドルの平和な生活は、何が何でも死守しなければいけなかった。

「叩かれたって、蹴られたって、ドルは渡さない。ドルは、もう俺の家族なんだから」

そこでいつもは滅多に無駄吠えしないドルが、いきなり姉に向かって激しく吠えだした。すると姉は、鬼のような顔をしてドルを見つめる。

「可愛くない。いいわよ、こんなバカ犬、あんたにあげるわ」

「あー、そうしてくれ。だからって、間違っても別の犬なんか飼わないように」

「ふん、あんたになんか言われたくない」

ヒールの足音も荒々しく、姉は去っていく。するとドルの吠え声も止んだ。

満流はドルを抱き上げて、頬ずりしてしまう。

「バカ犬って、何だよ。ドルはお利口だもんな」

褒められて嬉しいのか、ドルはぺろぺろと満流の顔を舐めてきた。そんな姿もとても愛しい。

「満流さん、先生のカレシじゃなかったら、あたしも頑張っちゃうのにな」

トリミングルームの扉を開き、スタッフが言ってくる。

「え、何、そんないきなり」

「今の言葉、胸にぎゅっと迫りました。ずっとペット達の世話していると、中にはファッションアイテムみたいに思ってる人いるから、いつもむかついてたんです。満流さんが言ってくれて、すっきりしました」

「いや、あれは俺のねえちゃんだから言えたんで、客だったら、言えないよ」

「でも満流さんだったら、ソフトな言葉で言ってくれそう」

そんなことを言われると、つい調子に乗ってしまいそうだ。すぐにその場の状況に呑み込まれるのは満流の欠点だが、それもいい方向に活かせばいいだけだ。

そこにまた客がやってきた。ドルは急いで満流の腕から飛び降り、パンフレットを咥えて走り寄る。キャリーバッグを提げた女性の姿を見て、満流は一瞬固まったが、すぐに営業用の笑顔になった。

「いらっしゃいませ……」

グラマラスボディの猫女だ。今日は黒のシックなワンピースを着ていて、足には銀色の鎖が下がったブーティを履いている。

「正木《まさき》様、お待ちしておりました。ローズちゃんの様子はどうですか？　具合が悪いこととかありましたら、診察の予約を入れますが」

スタッフはその女と顔馴染みなのか、にこやかに声を掛ける。

キャリーバッグの中には、本物の見事な黒猫が入っていた。自由を何よりも愛する猫は、閉じこめられると抗議の鳴き声をあげるものだ。なのにこの猫は、慣れた様子でじっと外の様子を窺っている。

「大丈夫よ……少し太り気味だから、たくさん遊んであげてね」

そう言うと猫女は、蠱惑的《こわくてき》な微笑みを満流に向ける。

彩都があのパーティで人気があるのは、彼らが飼っている本物のペットにも、限りない快適さを提供出来るからだ。

けれど彩都は、どこまで相手のプライベートを知っているのだろう。プライベートは秘密だけれど、住所と名前、それに職業くらいは簡単にばれてしまいそうだ。

知っているのに知らないふり、それこそが本当のルールなのかもしれない。

「ご旅行、楽しんでらしてくださいね」

キャリーバッグを受け取ると、スタッフは早速猫を連れて、ペットホテルの豪華な部屋に入っていった。

ちらっと顧客名簿を見ると、どうやら海外旅行のために、十日間のお預かりになるらしい。

「犬の格好より、普段のほうがずっと可愛いわよ、あなた」

それだけ言うと、彼女は去っていく。するとふわっと、どこかで嗅いだことのあるフレグランスが香った。

あのパーティが行われたレストランで嗅いだものだと気付いた頃には、もう彼女の姿はなかった。

それから……

若水保《たもつ》は駅からの帰り道、どうしたもんだろうと考え込んでいた。

今ではアラフィフなんて言われているが、五十を目前にしている。人生は五十年と謳《うた》った武将もいたけれど、今はまだまだ現役バリバリの年代だ。

これまで充実した人生を送ってきたつもりだ。大手新聞社の社会部記者からスタートし、今では部長にまで出世した。

妻は五年前に亡くしている。子供は二人、長女は外資系の証券会社で働き、長男は大学の商学部に通っていたが、何を思ったか今度は獣医を目指すらしい。

子供には干渉しないことにしている、というのは建前で、本音は忙しくて構っている暇などなかったのだ。だから育児はすべて、妻に任せていた。

家も買ったが、ほとんど帰らないから、若水にとって費用対効果があった買い物かどうか分からない。何しろ本社近くのビジネスホテルには、通称若水部屋と呼ばれている部屋があるくらいだ。

亡くなった妻には、今でもすまないと思っている。大学時代の同級生で、何となく押し切られて結婚したが、こんなに家庭を顧みない男だったとは、思ってもいなかっただろう。

そんな若水でも、息子の満流が家を出てから、たまに帰る家が真っ暗なのには堪えた。誰も住んでいない家は、いつ帰っても空気が淀んでいて、何かもの悲しい。だったらずっとビジネスホテルに泊まっていればいいのだろうが、最近はそんなに追われるような仕事もなくなってきた。

現場を駆け回るのは、若い者達がやることだ。若水がやることは、きちんとした文章で、自分達の意見を伝えていくことだと思っている。

そうなると何もビジネスホテルに籠もらなくても、自宅のパソコンでやれるような仕事も増えてきた。健康のためにも、家でゆっくり寛げればいいのだろうが、誰もいない家ではむしろ面倒なことばかりだ。

そう思って悩んでいたのに、今度は別の問題が持ち上がっていた。

退社時に、若い女性編集部員に声を掛けられたことを思い出す。

『ご自宅にお帰りですか？』

普通の社員はそれが当たり前だが、若水の場合は誰かと食事に出るか、ビジネスホテルに向かうかの二つがメインだったから、そんな訊かれかたをされたのだ。

『最近は、よく帰られてますね』

『えっ……ああ……息子の連れてきた犬がいるもんだから』

『いいですね。散歩ですか？　健康にもいいし、何よりワンちゃん、可愛いですものね』

普通の犬なら、可愛いと素直に言えたかもしれない。けれどあの恐ろしい生き物を、間違っても可愛いなどと認めてはいけないと思った。

家に帰り着くと、煌々《こうこう》と電気が灯されていた。リビングからは、テレビの音が響いている。テレビ番組を観ていないときは、ゲームの音がヒャラヒャラと鳴っていた。

ドアを開けて、ただいまと言うのに、こんなに決意は必要だっただろうか。

かつて妻がいた頃は、若水は黙って玄関を開き、黙ってリビングに入り、あら、帰ったのと、冷たく妻に言われるだけだった。子供達は若水を見ても、お帰りと言うだけで、すぐに自室に引っ込んでしまう。

そうやって放置されることに慣れた身には、この帰宅イベントは毎回非常に困惑する。

「ただいま」

と、言って玄関を開いた瞬間、何をしていても猛ダッシュで、その犬は飛びかかってくるのだ。

「お帰りなさーい、パパ」

「……あ、ああ」

いや、おまえのパパじゃないし、第一ここはおまえの家じゃないだろうと思うが、どうにもはっきりとそういったことは切り出せない。

こういうところは、しっかりと息子が受け継いでしまったようだ。いつも強気の妻や娘にやりこめられていたのは、若水に似ていたからだと思う。

もちろん若水だって、仕事の現場に立つと別人のように変わる。何しろ、事件を報道する社会部でずっと活躍してきたのだ。時には、命の危険に晒《さら》されることだってあった。

そんな戦う若水の姿を、家族は知らない。話すのも何だか面倒だから、家では訊かれたことしか答えない、そんな父親だったのだが。

「今日は早く帰れたね。俺ね、今日は、新聞一紙、初めて全部最後まで読めたよ」

「そ、そうか。それはよかった」

犬は飛びつくものだと知っている。普通の犬なら、たとえ大型犬でも耐えられるが、しなやかな肉体を持った若い男となると、さすがに若水も持て余す。

どうしてこの若者は、アラフィフ男に犬みたいに飛びつくのだ。何もかも許したら、しまいにはべろべろと顔まで舐めそうな勢いだった。

「帰るってメールあったから、お刺身買ってきたよ。パパ、好きだもんね」

リビングに移動する間も、犬はぴったりと張り付いて側を離れない。ワンワンと意味不明の鳴き声を上げるのならいいが、まるで新妻のように、嬉しそうに今夜のつまみの話をされては、目眩がしそうだった。

リビングはすっかり綺麗になっている。それほど高いものではなかったが、ソファやカーテン、ダイニングテーブルを入れ替えた。さらにはテレビも、以前より大きなものが置かれている。

犬を飼うのに、これは少し贅沢させすぎではないか。俺は甘い飼い主だろうか。そんなことを悩んで若水は、今夜も悶々《もんもん》としている。

「お風呂、入れるよ」

「……」

ご飯にしますか、それともお風呂、それともわたしっていうのは、いつの頃のギャグだろう。今の若者は、そんなギャグで受けるのだろうかと思いながら、若水はゆっくりとネクタイを緩めた。

「まずは……」

「ビールね。はーい」

犬はとっても察しがいい。こちらが口にする前に、若水がして欲しいことをやってくれるのだ。

六本木でクラブやレストランを経営している男が、未成年の監禁事件で逮捕された。少年が帰らないと親から相談されたが、ただの家出だと処理していた警察は、男の家に少年達が監禁されているという密告を受けて、慌てて逮捕したのだ。

監禁の罪に問えるかは難しい。なぜなら少年達には、いつでも出て行ける自由があった。全く孤立していたわけでもなく、毎日のようにデリバリー食品を届ける業者が訪れていたのだ。

少年達は、自ら喜んで男と同居していた。その事情をよく知っていて、以前から男と同居していたこの犬、弓弦を、証人として探しているのはよく分かる。自分が男と同じ立場だったら、有利な証言をしてくれる弓弦を、必死に探すだろう。

この家に隠れていれば、弓弦はとりあえず安全だ。弓弦が協力しないことで、男の裁判が長引こうと誰も弓弦を脅しに来たりはしない。

「今日、町会の人が来たんだけど、俺のことずっと満流だと思ってんの。面倒だから、満流のふりしてたけどね」

ちゃっかりと自分の分もビールをグラスに注ぎながら、犬は旨そうに飲んでいる。

満流がこの家にいた頃よりも、はるかに生活費が掛かるようになっていた。普通の犬と違って、この犬は酒を飲み、しかも美食家だったからだ。

別に金に困っているわけではない。ビジネスホテルに泊まったり、毎日のように通う居酒屋に行くのを、控えればいいだけだ。

それよりもっと問題なのは、この不思議な緊張感が失われた後に、若水がどう感じるかだ。

寂しさなんてものは、とうに忘れた筈だった。家に帰って誰もいなくても、ああ、そういうものだと納得するようになっている。

それが突然、毎回猛ダッシュの出迎えを受けるようになったらどうだろう。

「ご飯にしよっか。お刺身出すね。えーっと、今日はマグロの中落ちと、イナダだって。それとホタルイカ」

さすがにこの犬は、料理まではしないらしい。食卓にはいつも、近所のスーパーで買ってきたようなものが並んでいた。

これはこれで嬉しいが、いったいいつまで、この犬はここにいるつもりなのだろう。男の裁判が終わるまでだろうか。それとも、次の仕事が決まるまでなのか、その辺りがはっきりしない。

「中国語《ちゅうごく》の勉強は進んでるのか？」

「うん、今日は、買い物のときに中国の人と話したよ」

ショップ店員として銀座で働くのには、中国語が話せると有利だとかいうので、とりあえず中国語の教材は買ってやった。毎日、音源を聞いて下手な中国語を口にしているが、早口でまくしたてる本物の中国人観光客相手に、果たして使えるのかは疑問だ。

「お豆腐も食べるでしょ。あっさり漬けも買ってきた。チャーシュー食べる？　俺、昼間、ラーメン用に買ってきたんだけど、これ、激ウマなの」

「へぇーっ、もしかして角の肉屋？」

「そう、メンチとか揚げてるとこ」

「あそこのは旨いよな」

犬とチャーシューの話題で盛り上がってどうすると思う。けれど犬は、絶え間なく吠え続けるから、つい何か一言答えてしまうのだ。

若水は恐れている。ギャンギャンと吠える声はうるさいが、もしこの声が全く響かなくなったら、自分は寂しいと思うようになるのだろうか。

冷蔵庫から犬はチャーシューを取り出す。感心なことに、キュウリの細切りが添えられていた。

「おっ、包丁に挑戦したのか？」

「うん……満流に教えてもらった」

所々繋がっているが、ともかくキュウリを切ったのだから、ここは褒めるべきだろう。

「うん、ま、切れてる。これなら夏には、冷やし中華に挑戦出来るな」

「あー、冷やし中華、好き？　俺も。だったら卵焼きだよね」

いや、夏になる前にここを出たら、冷やし中華なんて作らなくていいんだ。そう思った途端に、ビールが少し苦くなった。

「今度は、卵焼き練習しよっと。あっ、頭のよくなるテレビの時間だ。観てもいい？」

「……いいよ」

テレビを観ている間は、少しだけ犬は無口になる。それでほっとするかというとそうでもない。黙っているときの犬の顔は、やけに可愛げがあって、つい視線を向けてしまうからだ。

「俺、頭悪いのがコンプレックスなんだ」

だから頭のよくなるテレビを観て、利口になったつもりになりたいらしい。

「満流が羨ましい……。こんなにダンディで、頭のいいパパがいるんだもんな。パパに訊けば、何でもすぐに答えてくれるのって、すごくない？」

「満流は、そんなこと思ってないさ」

何でも分かっているふりをしている、偉そうな親父《おやじ》だと思っているだろう。事実、子供の前では偉そうになってしまうことがよくあった。

「君は、頭が悪いんじゃない。学習の機会に恵まれなかっただけだろ」

「そう思う？　だよねー。家に金があって、親がまともだったら、俺だって大学にいって、医者になってたかもしれないよね」

「そうだな」

けれど医者になるより、犬のほうがずっと相応しい。

そう思ってしまった若水は、合わせる顔がなくて、自ら立ってビールを取りに向かった。

冷蔵庫の中は、綺麗に整理されていた。むしろ妻が管理していた頃よりも、綺麗になっているかもしれない。

突然、明るい笑い声が響いた。どうやらタレントのつまらないギャグに、素直に犬は反応したらしい。

「あ、パパ、俺もビール」

「んっ……」

ビールの銘柄も、いつの間にか変わっていた。どうやら太るのは気になるらしくて、カロリーオフのビールもどきになっている。

こんなものはビールじゃないっていうのが、男として拘りたいところだが、もしあの犬がここにいる間に、ぶくぶく太って醜くなってしまっては可哀相だと、つい妥協してしまうのだ。

「頭わるーい、あの女。俺より悪いだろ。カバが逆立ちしてるんだから、答えは馬と鹿だろ」

おバカタレントの回答に、すかさず口を挟んでいる。ともかくこの犬は、吠えずにはいられない性格らしい。

「君もタレントとかなればよかったのに」

「んっ……そうだね。けどタレントって、どうやってなるのか分からないんだ。カトリはそういうの詳しくて、いつかダクションの人に紹介してくれるようなこと言ってたけど、口ばっかりだった」

「そうか……俺も、さすがにそっちは詳しくないな」

たとえ詳しくたって、若水はこの犬を芸能プロダクションなどに紹介はしないだろう。

あんな魑魅魍魎《ちみもうりょう》が渦巻く世界に入ったら、きっと彼は身も心もぼろぼろになる。たった一人の男にだって、簡単に騙されてしまうような、世間知らずの面があるからだ。

「満流みたいに、犬飼ったことなくても獣医を目指すやつもいるもんね。俺がタレント目指しても、おかしくないんだろうけど」

「なれたら、きっと人気が出るよ」

「なれたらね……。けど、それより中国語の話せるショップスタッフでいいや」

では中国語が完璧に話せるようになるまで、この家にいるつもりだろうか。

「ねぇ、どうして犬を飼ってやらなかったの？」

ふと思い出したように訊かれて、若水は辛いことを思い出す。

「子供の頃、犬、飼ったことがあるんだ。散歩に連れて行ったら、リードを放してしまってね。目の前で車に轢《ひ》かれた。それ以来、犬は飼えなくなったな」

「……」

そんな潤んだ目で見てくれなくていい。それはもう何十年も昔の話だと、若水は力なく微笑む。

「子供達には、可哀相なことをした。失敗しないように、教えるって方法もあったのに」

突然、犬は椅子から立ち上がり、若水のほうに近づいてくる。そして若水の体を、背後からぎゅっと抱きしめてきた。

そういう過度なスキンシップは、やはり苦手だ。なのに犬は、やたら触ったり、触られたがったりするのが困る。

「パパ、辛いこと思い出させちゃってごめんね」

「いや、たいしたことじゃない」

そうだ、犬に抱き付かれることくらい、たいしたことじゃない。なのにすりすりと顔までこすりつけられると、どうにも困ったことに、下半身にまで何かが響いてしまう。

「パパって、いい匂いがする」

「加齢臭がか？」

冗談のように言って笑って誤魔化したが、この展開はかなりまずいことになっている。

「そうじゃないよ。男の匂い……きっとお父さんっていつもこんな匂いなんだろうな」

「いるんだろう、お父さん？」

「暴力オヤジがいるって言ったけど、あれ、俺の本当の父親じゃないんだ。かあちゃんの愛人ってやつ。籍も入ってない他人だよ」

よくある話だが、この可愛い外見からすると、別の心配までしてしまう。

「……まさか、おかしなことされてたのか？」

「ううん……あんなやつにはさせない……屑《くず》みたいな男には、簡単にやらせたりしない。カトリには騙されたけど……最初の頃は、あいつも優しかったんだ」

どうやらこの犬は、優しい年上の男が大好物らしい。

若水は目を閉じて、とりあえず妻の姿を呼び戻そうとした。あの気の強い妻に、何、血迷ってんのよ、このスケベオヤジがと怒鳴られたら、少しはしゃんとしそうだ。

けれど妻は現れない。仏壇の花を枯れさせるようだから、呆れてここには戻って来ないつもりなのだろう。

犬の息が耳元に掛かる。そしてどうやら犬が、若水の肩に頭を乗せてきたのが感じられた。

「パパ……一緒に、お風呂入ってよ」

「悪いが俺はノーマルだ」

そうだ、ノーマルだ。グラビア美女の姿を、脳裏に呼び戻せ。妻や子供には内緒だが、何度か浮気したクラブのお姉さんの姿を呼び戻すのだ。

「そうじゃないよ。本当の子供と入るみたいに……俺、経験ないからさ」

嘘を吐くな。セックスの相手とは、一緒に風呂に入ったりしただろうと思う。さりげなく同情を惹くようにしているが、実はこれがかなり高度な誘惑テクニックではないかと、若水はここでやっと気がついた。

「テレビ、観ないのか？」

「んんっ、もうどうでもいい。それより……」

犬が耳を舐め始めた。その瞬間、若水は自分が五十年近く生きてきて、初めて迎えた貞操の危機というやつを感じた。

卑怯《ひきょう》な手は使いたくないが、何としてもここはどうにか逃げ切らないと駄目だ。

そうしないと、この関係は確定してしまう。

「そういうことはしない。それより飯にしよう。ご飯、よそって」

「……リードを放したら、逃げちゃうのが怖いんだね」

「はっ？」

「俺は賢い犬だから、勝手に逃げたりはしないよ。大切にされていたら、決して逃げたりしない」

「おおっと、おっと、おおっとっと、そういうマジなのは禁止だ。離れろ」

息子があああなったからって、自分もなってどうする。そんなことになったら、妻そっくりの娘が、逆上して暴れ出しそうだ。

「出て行けとは、言いたくない。だから、平和的に暮らそう」

「……」

大きくため息を吐くと、犬は離れていく。肩からその重みが消えた瞬間、若水は何どもやりきれない寂しさを感じた。

犬は何事もなかったかのように、若水のためにご飯をよそう。その米の焚《た》き加減は少し硬めで、若水の好みだった。

「いいか、俺は、君よりずっと早く死ぬ。だから、君は、もっと長く一緒にいられるような相手を探しなさい」

とりあえずまともな分別のあることを言ってみる。けれど内心、いや、どうせすぐにここを出て行く相手なら、お試しでやってもよかったんじゃないかと、男の打算が渦を巻いていた。

いけない、そんなことでは、息子にも示しが付かないだろう。

「俺と同じ年って、満流？　俺、満流にはふられたし」

「はっ？」

「どこが駄目なの？　教えてよ。そしたら改善努力、なんてしてみるからさ」

「どこって……」

息子と同じ年だからだ。ここを避難所にしているだけだからだ。いや、そんなことの前に、まずは弓弦が男だからまずいのだ。

「いや、女でもまずい」

思わず呟いてしまった若水は、その時、犬の鳴き声を聞いた。幻聴だろうか、いや、はっきりしている。これはあの毛玉、ドルの鳴き声だ。

「あれ、父さん、早かったね」

満流がドルを連れて、部屋に入ってきた。その姿を見た瞬間、若水はほっと安堵《あんど》の吐息を漏らす。

「天ぷら、多く作ったから差し入れに持ってきたんだけど、何だ、もうご飯食べた？」

「いや、いいよ、いいから、満流、ゆっくりしていけ」

いつもと違う若水の様子に、満流は一瞬目を細め、それからちらっと弓弦に目を向けた。そしてにやっと笑って、若水を見つめる。

「まさかねぇ。まさかだよね」

「何だ、満流……」

そうなんだ、そのまさかなんだと、若水は必死に目で訴えた。

こうなったら、息子に助けて貰うしかない。だが、どう助けろと言うのだろう。若水のことはあきらめろと、満流から説教してもらうのか。

それとも弓弦に相応しい、恋人でも探してやってくれと頼むのか。

いなくなったらどうしようとも思う。けれどここにいたら、このままでは終わらない。

不惑なんてものはとうに過ぎたのに、若水は悶々と惑い続けていた。

あとがき

この本を手にとって戴き、ありがとうございます。

とても健全な、ペット飼育本のつもりです。飼い主は鬼畜じゃないし、ペットは素直で可愛いし。

しかし、可愛いペット、一口に言うのは簡単ですが、実際に飼うとなるとこれはこれで大変なものがありますよね。

まずよく食べる。何しろ、食べることが最大の関心事ですから、一日中、頭の中は食べ物のことでいっぱい。うろうろ室内を歩き回りながら、空から何かおいしいものが降ってこないかと、待ちわびております。

猫となりますと、贅沢病とでももうしますか、毎日同じドライフードだと、それなく抗議の視線が……。飽きるのか、それ？　どれも同じと思うのは、人間の無理解？

だって人間は、毎日トースト食べても、白いご飯食べても、飽きることはないぞ、と思うのでありますが、各社様のドライフードを、適当にローテーションしております。

甘えられると可愛いものですが、やはりこれも毎日となりますと、時には苦行状態となります。

お気に入りのシューロングって寝椅子で寛いでいますと、わらわらとやつらが乗ってまいりまして、足に猫、腹に犬、胸に猫なんて、飼い主どころか、おまいらの寛ぎタイムにしてどうするって状態。

一匹、約四キロありますから、合計十二キロの重しを乗せられ、身動きもならず、どこがリラックスタイムですか、で、あります。

そんなペット達の価値を、数字で出してみようと、我が家ではカワイという単位を設定しました。飼い主が、『可愛い』とか『カワエエ』とか口にしたら五百カワイです。そうしたら恐ろしいことに、愛犬は大カワイ持ちに数日でなってしまいました。やっぱり、甘い飼い主だったんですね、私って。

イラストお願いしました水玉《みずたま》様、ご迷惑おかけしてしまいましたが、雑誌掲載時に続き、とてもキュートなイラストをありがとうございます。

編集様、亀は飼ってないのに、本人が亀ですみません。

そして読者様、何かペットを飼っているとか、または飼った経験とかおありですか。新たに飼うとしたら、何でしょう。どうせなら私は、宇宙人のジョーンズさんをペットにしたいです。

剛《ごう》　しいら拝

初出
飼われる幸福 ～犬的恋愛関係～――― 2010年 小説リンクス12月号掲載「アニマルなドクター!?」
改題の上、加筆

この本を読んでのご意見・ご感想をお寄せ下さい。

〒151-0051
東京都渋谷区千駄ヶ谷4-9-7
(株)幻冬舎コミックス　小説リンクス編集部
「剛《ごう》しいら先生」係／「水玉《みずたま》先生」係

リンクス ロマンス

飼われる幸福 ～犬的恋愛関係～

2012年4月30日　第1刷発行

著者……………剛《ごう》しいら
発行人…………伊藤嘉彦
発行元…………株式会社　幻冬舎コミックス
〒151-0051　東京都渋谷区千駄ヶ谷4-9-7
TEL 03-5411-6434（編集）
発売元…………株式会社　幻冬舎
〒151-0051　東京都渋谷区千駄ヶ谷4-9-7
TEL 03-5411-6222（営業）
振替00120-8-767643
印刷・製本所…共同印刷株式会社
検印廃止

ISBN978-4-344-82496-6 C0293
Printed in Japan

幻冬舎コミックスホームページ　http://www.gentosha-comics.net